에놀라 홈즈 시리즈 8

우아한 가출

여 덟 번 째 사 건

우아한가출

낸시 스프링어 지음

김진희 옮김

북레시피

〈에놀라 홈즈 시리즈〉

우아한 가출

프롤로그

열일곱 살의 레이디 세실리 알리스테어는 왼손으로 뜨개바늘을 집어 들었다. 그러고는 그 끝을 꼭꼭 눌러 잠긴 침실 문 안쪽에다 아직 미완성의 캐리커처를 긁어내듯 그려냈다. 자기 아버지를 그린 실물 크기의 초상화였다. 그녀는 맨발에 잠옷 차림으로 한 발짝 물러났다. 그러고는 방금 그린 초상화, 곧 흰색 페인트칠이 벗겨지고 갈색이 드러나도록 문짝에 아로새긴 그 두툼한 턱살의 뚱뚱한 초상화를 바라보았다. 페인트나 숯이 있었다면 훨씬 더 잘 그릴 수 있었겠지만, 그건 일주일 전 아버지가 그녀를 여기 가둘 때 허락한 게 아니었다. 아버지는 뜨개질을 제외하면 연필이나 펜으로 일기를 쓰거나 책을 읽는 등의 그 어떤 일도 허락하지 않았다. 딸이 뜨개질을 결코 좋아한 적이 없다는

7

걸 알면서도 그랬다.

그 모든 일이 일어나기 전인 불과 일 년 전만 해도 그녀는 딱히 행복한 딸은 아니어도 순종적인 딸이었다. 고로 유일한 걱정거리라곤 공들여 매만진 머리 위로 우스꽝스럽게 삐죽 솟은 세 개의 커다란 하얀색 깃털이 자리를 이탈하지 않고도 거의 바닥까지 무릎을 구부려 여왕에게 절하는 법을 연습하는 일이었다. 또한 사교계에 처음 진출하는 상류층 여성답게 '정식 데뷔'를 거친 뒤 돈깨나 있고 작위도 있는 적합한 남편을 찾아내는 일이었다.

레이디 세실리는 그때를 떠올리며 마치 상상 속 아버지의 심장이 다트의 과녁이라도 되는 양 그곳을 향해 뜨개바늘을 힘껏 던졌다.

정확히 '정식 데뷔'나 결혼을 꿈꾸진 않았어도 세실리는 부모의 계획을 군말 없이 따르는 딸이었다. 고로 그 계획을 망친 건 그녀가 아니었다. 분명, 미혹당해 납치된 건 그녀의 탓이 아니었다.

세실리가 던진 뜨개바늘이 달그락 소리와 함께 문에 부딪히며 과녁을 빗나갔다.

찌푸린 얼굴로 다시 한번 뜨개바늘을 집어 든 세실리는 그동안 자신이 왜 그렇게 온순하고 고분고분하게 가족의 기대치는 물론, 한술 더 떠 악당의 손아귀에 잡혀 살았는지 새삼 궁금해졌다. 한밤중 나타난 에놀라라는 그 이상하고 어설프고 용감한 소녀가 없었더라면 아마 아직도 그 카리스마 넘치는 납치범의 손아귀에서 놀아나고 있었으리라. 그때 에놀라는 세실리를 구해준 뒤 유령처럼 다시 어둠 속으로 사라져버렸다.

에놀라는 미스터리했다. 거꾸로 읽으면 '홀로alone'란 뜻이 되는 그 이름 에놀라Enola! 마치 신데렐라에게 요정 대모가 있었다면, 세실리에겐 요정 대녀가 있었다고나 할까.

동화 속 인물이라면 집에 돌아와 행복한 삶을 살았을 테지만 세실리는 그러지 못했다. 납치범에게 끌려가 굶고 혹사당하고 죽을 뻔했는데도 아버지란 작자는 그녀에게 맹렬한 비난의 화살을 돌린 채 고함만 질러댔다. 아버지와 세간의 눈으론 이 모든 게 추문에 불과했으며, 피해자인 세실리는 망가지고 더럽혀져 결혼 시장에 팔려 나온 매물일 뿐이었다. 그렇게 그녀는 법정에 출두할 수도, 사교계에 나설 수도, 귀족 남편감의 관심을 끌 수도 없는 신세로 전락해버렸다.

9

그 후 아버지는 세실리가 시련에서 회복할 틈도 주지 않은 채 딸을 자신의 혐오스러운 두 누나에게 넘겨 두꺼비 같은 사촌과 강제로 결혼시키려 했다. 그 대단한 아버지는 하마터면 세실리를 노예처럼 결혼시키는데 거의 성공할 뻔했다. 하지만 세실리는 천만다행으로 공중화장실에서 우연히 만난 에놀라에게 암호 메시지를 전할 수 있었다. 물론 그때까지도 구조될 가망성은 여전히 희박했다. 마침내 결혼식 날 아침, 굶주림과 학대로 이미 쇠약해질 대로 쇠약해진 세실리는 결혼식 내내 봉제 인형처럼 질질 끌려다녀야만 했다. 아마 에놀라가 없었더라면 법이 그 혐오스러운 남편에게 허용한 족쇄에 매여 세실리는 평생을 속박 가운데 살았을 것이다.

그때 에놀라는 마치 동화 속 영웅(fairy tale hero)처럼, 아니면 적어도 꽤 키 큰 영웅(fairly tall hero)처럼 마지막 순간에 '짠' 하고 나타났다. 그날 세실리는 에놀라에 관해 더 많은 걸 알게 됐다. 에놀라가 그녀의 오빠, 곧 위대한 탐정이던 셜록 홈즈에게 자신을 데려갔기 때문이다. 에놀라는 바로 에놀라 홈즈였던 것이다. 하지만 세실리에게 에놀라는 마치…… 진정한 절친이나 다름없었다. 비록 둘이 만난 건 지난 1월과 5월 두 번뿐이었지만 말이다. 아니, 런던 최초의 여성 전용 화장실에서의 그 침묵 속 짧은 만남까지 포함하면 세 번이었다.

셜록 홈즈는 세실리를 그녀의 엄마 품으로 안전하

게 데려갔고, 그 후 한동안은 모든 일이 순조롭게 돌아가는 듯했다. 하지만 두 사람은 너무 일찍 아버지 눈에 띄어버렸고, 아버지는 세실리를 방에 가둔 채 어떻게든 빨리 결혼시키겠노라고 언명했다. 그는 벌을 줄 요량으로 세실리의 책과 미술 도구를 빼앗았을 뿐 아니라, 가뜩이나 불가능해 보이는 가출을 막고자 옷도 전부 빼앗았다.

고로 10월의 어느 화창한 오후, 잠옷 바람으로 갇혀 있던 세실리는 뜨개바늘로 잠긴 침실 문 안쪽에 그 커다랗고 뚱뚱한 아버지의 초상화를 긁어내듯 그리는 것 말고 달리 할 일이 없었다.

이제 세실리는 뜨개바늘을 집은 손을 꽉 쥐었다. 그러고는 그 뜨개바늘을 던지는 대신, 침실 문 쪽으로 걸어가 끝을 한껏 들이밀었다. 그러니까 마치 반항이라도 하듯 사용이 금기시된 자신의 왼손으로 유스타스 알리스테어 남작의 초상화를 찔렀다.

1장
1889년 10월

햇살이 내리쬐는 10월의 어느 날, 마차에서 내린 난 예사롭지 않은 행복감에 젖어 있었다. 드디어 인쇄소에서 내 이름 에놀라 홈즈가 떡하니 박힌 새 명함을 보내왔기 때문이다. 나는 '폴로네즈(목선이 낮은 몸판은 몸에 꼭 맞고, 팔꿈치 길이의 소매에는 주름 장식이 달린 발목 길이의 폴란드풍 여성용 긴 겉옷-역주)' 스타일의 선홍색 신상 상의 차림으로 절친을 만나러 가는 길이었고, 우리가 나눌 이야기는 산더미처럼 많았다. 몇 달 전 마지막 본 이후로 꽤 많은 일이 있었기 때문이다.

우선 난 더 이상 내 오빠들인 셜록 홈즈와 마이크로프트 홈즈를 피해 달아나는 도망자 신세가 아니었다. 일 년 전 엄마가 사라진 7월의 운명적인 그날 이후, 날 떠맡은 오빠들은 동생을 예비 신부학교로 보내려 했지만 난 오빠들에게서 도망쳤다. 하지만 그 후 뜻밖의 사건들로 인해 — 정말로 내가 일군 대단한 성과로 인해 — 오빠들은 나와 화해했고, 아직 성년이 아닌 나이임에도 나, 에놀라 유도리아 하다사 홈즈가 독립해서 살아갈 능력이 있다는 데 동의했다.

또한 우리 셋은 엄마의 행방도 알게 됐다. 자신의 죽음이 임박했음을 알리는 편지를 보내온 엄마는 비록 살날은 얼마 남지 않았지만 이제 사회적 요구에서 벗어나 평화로운 말년을 보내기 위해 떠난 것이었다. 그렇게 엄마는 묘비 하나 없는 무덤에 몸을 뉘었고, 우리는 겉치레에 치중한 우스꽝스러운 검은 상복 따윈 입지 않았다.

결국 이 모든 과정에서 엄마를 잃은 대신 오빠들과 손을 잡게 된 난, 말하자면 아직은 어려도 다사다난했던 삶에서 숨을 돌리고자 잠시 하던 일을 멈췄다. 고로 이제는 남자들의 출입이 금지됐다는 이유로 마이크로프트 오빠마저 가장 안전하다고 인정한 전문 여성 클럽의 내 숙소에 머물렀다. 또한 '세계 최초의 사이언티픽 퍼디토리언', 곧 잃어버린 것을 직감으로 찾는 사람의 역할도 잠시 뒤로 미뤘다. 그리하여 이제는 '라고스틴 박사(에놀라가 외부의 의심 없이 자신의 사이언티픽 퍼디토리언 임무를 수행하기 위해 임의로 상정한 인물로 에놀라 자신은 그의 사무실에서 비서 용무를 보는 사람으로 가장함-역주)'의 사무실에서 일하는 대신 런던 여성 아카데미에서 수업을 들었으며, 그중에서도 대수학과 기하학, 자연철학이 주는 지적 도전을 즐겼다. 더군다나 오빠들과 어울리는 일, 아니 감히 오빠들과의 친목 도모도 즐겼는데, 특히 셜록 오빠와 함께하기를 좋아했다. 셜록 오빠를 알아가는 과정은 정말이지 흥미진진한 여정이었기 때문이다.

마지막으로, 이 기간 동안 난 쇼핑도 꽤 즐겼다. '모래시계 같은 몸매'를 드러내는 패션이 드디어 한물간 스타일이 된 건 대단히 기쁜 일이었다! 그렇잖아도 오빠들을 피해 위장용으로 입던 엉덩이 조절기와 가슴 보정기가 더는 필요 없게 된 마당에, 이젠 그런 걸 안 입어도 되는 시대가 도래한 것 아닌가! 이 특별한 날 난 새 친구 티쉬, 플로시와 함께 런던의 여성복 상점을 돌아다니며 내 호리호리한 몸매를 감춰줄 세련된 의상 한 벌을 샀다. 이젠 내 절친 레이디 세실리 알리스테어와 재회해 행복한 나날을 만끽할 일만 남았다.

14 그렇다, 정말로 세실리는 내 절친이었다. 비록 둘이서 만난 건 작년 1월과 5월 두 번뿐이었지만…… 아하, 세 번이었지. 굳이 화장실에서 만난 것까지 포함한다면 말이다.

알리스테어 가의 호화로운 벽돌 산책로를 따라 현관까지 미끄러지듯 걸어간 나는 경쾌하게 현관문의 쇠고리를 두드렸다.

한참 후 평소처럼 무표정한 얼굴의 집사가 문을 열었다. 난 명함을 내밀며 요청하기보단 지시하는 투로 "레이디 세실리 안에 있죠?"라고 물었다.

그러자 집사는 "레이디 세실리는 지금 방문객을 받지 않으십니다."라며 문을 닫으려고 했다.

"잠깐만요!" 집사를 막고자 내가 저택 안으로 한 발들여놓으며 말했다. 틀림없이 세실리라면, 아무리 낮잠을 잔다 한들, 날 만날 기회를 놓치고 싶어 하지 않을 터였다. 난 집사에게 말했다. "일단 명함은 보여주고 나서 얘기하시죠."

그러나 집사는 명함 쟁반 쪽으로 손을 뻗는 대신 단호한 목소리로 되뇌었다. "레이디 세실리는 *아무*도 만나지 않으십니다."

햇살은 여전히 눈부시게 내리쬐고 있었다. — 런던에서 특히 가을엔 보기 드문 날씨였다 — 하지만 레이디 세실리에 대해선 왠지 쎄하고 어두운 느낌이 들었다. 무슨 문제라도 생긴 걸까? 상류층에 금기시된 왼손잡이라는 불운을 안고 태어난 레이디 세실리는 다른 대부분 소녀보다 훨씬 더 엄격한 교육 속에서 점

차 사회에 순응하는 얌전하고 고분고분한 *오른손잡이*
장식물로 변해갔다. 하지만 몰래 왼손으로 그린 과감
한 숯 그림으로 반항을 하기도 했고, 어느 순간 꽤 상
이한 두 개의 필체가 그녀 안에서 발현되기도 했다. 성
격도 두 가지로 발현됐으니, 하나는 상냥하고 여성스
러운 성격이요, 다른 하나는 사회 개혁가적인 성격이
었다. 혹시 세실리가 부모님께 자기 본성을 드러낸 걸
까? 혹시 그로 인해 곤경에 처하기라도 한 걸까? 아니
면 뭔가 더 불길한 일이 일어난 걸까? 사실 난 세실리
의 어머니가 남편과 화해하고자 런던으로 돌아왔다는
소식을 들었을 때 흠칫 놀랐었다. 과연 여기서 '화해'
란 말이 어울리기나 한 걸까?

나는 그 무표정한 얼굴의 집사에게 "그럼 레이디 테
오도라와 대화라도 좀 나누고 싶은데요."라며 다시 한
번 명함을 내밀었다.

하지만 집사는 거듭 내 요청을 무시했다. "레이디
테오도라는 지금 방문객을 받지 않으십니다."

이건 또 뭔 소리지? 레이디 테오도라도 방문객을 받
지 않는다고? 아무래도 뭔가 잘못됐어.

"맙소사!" 나는 흥분해서 소리쳤다. "레이디 테오도
라가 절 만나리란 걸 잘 알잖아요. *저* 기억 안 나세
요?" 나는 어깨를 둥글려 뒤로 빼고 몸을 곧게 편 다음

마치 혈통 좋은 참새처럼 집사에게 연설이라도 하듯 '라고스틴 부인'의 자태를 흉내 내 보였다. 납치된 세실리로 인해 상심이 컸던 레이디 테오도라를 친구처럼 도왔던 그 '라고스틴 부인' 말이다.

"저 기억 안 나세요?" 나는 조그맣고 괴상한 목소리로 이 말만 반복하다가 이내 밀짚모자 챙 아래로 집사를 똑바로 노려보며 "정말 기억 안 나세요?"라고 빽 내질렀다.

분명 내 연기는 집사를 뒤흔들어놓은 눈치였다. 대리석으로 깎아 만든 듯한 그의 무표정한 얼굴이 일그러지고 태도가 무너진 걸 보니 그랬다. "라고스틴 부인, 음, 전 유스타스 경의 엄중한 명령으로 아무도 들여선 안 됩니다." 당황해서인지 집사의 목소리에서 딱딱한 억양이 사라졌다. "전 아가씨의 명함엔 감히 손도 대지 못합니다. 그랬다간 쫓겨날지도 몰라요."

"유스타스 경의 명령이라!" 순간 난 새끼 염소 가죽 장갑을 낀 손을 입에 댄 채 아연실색하며 그의 말을 앵무새처럼 되풀이했다. 개탄스럽게도, 레이디 세실리의 아버지에 관해 좋은 말을 들어본 적이 한 번도 없었기 때문이다.

그 불쌍한 집사는 실제로 움찔했다. "아뇨, 아가씨, 그 말을 하려던 게 아니고……."

17

하지만 난 그가 원래 의도랍시며 내뱉으려던 말을 듣기 위해 머물지는 않았다. 난 멍하니 당황한 표정으로 돌아서서 계단을 내려간 뒤 대기 중인 이륜마차가 있는 인도 끝 연석으로 걸어갔다.

높은 마부석에 앉아 있던 마부가 이례적으로 숨김없이 걱정을 내비쳤다. "참 이상하네요, 에놀라 아가씨." 그는 내가 가장 좋아하는 마부였다. 한때 내게 자신의 이륜마차와 아주 유능한 말 브라우니를 빌려준 일을 계기로 그는 나의 단골 마부가 되었다.

"정말 이상해요, 해럴드." 내가 말했다. 마부는 자신을 '애리'라고 했지만, 난 해럴드라고 불렀다. "집으로 가주세요."

아마 이 대화를 알리스테어 가의 집사가 들었다면 날 떼어낸 걸로 결론 내렸을지도 모르겠다. 만약 그랬다면 대단한 오판인 듯하다. 난 오늘이 가기 전 무슨 수를 써서라도 레이디 세실리를 만나볼 참이었기 때문이다.

이륜마차에 올라탄 나는 최신 유행의 좁은 스커트를 매만지며 한숨을 내쉬었다. 그 옷엔 주머니는 없고, 만일에 대비해 물품을 넣어둘 단추 달린 가슴 부분의 공간만 조금 있을 뿐이었다. 정말이지 오버스커트며 허리받이, 패니어(스커트를 퍼지게 할 요량으로 허리에 두

르던, 고래수염 따위로 만든 테-역주) 그리고 거기에 감춰진 모든 수납 공간이 이토록 그리울 줄은 꿈에도 몰랐다! 아무래도 사건을 캐고 다니려면 내 물품을 안전하게 갖고 다닐 새로운 방안이 필요할 듯싶었다.

전문 여성 클럽으로 돌아간 나는 바로 위층의 내 숙소로 물러나지 않았다. 그보단 여유로운 모습을 과시하기라도 하듯 폴로네즈의 단추를 풀고 모자를 벗어 리본이 나부끼도록 흔들어대며 독서실과 도서관을 거닐었고, 그런 날 쳐다보는 여자들에게 유유히 미소 지었다. 친애하는 독자는 이곳이 런던의, 그것도 아마 세계 최초의 여성 전용 클럽이라는 걸 이해했으면 한다. 이 요새에 들어온 이상, 더는 망나니 같은 남자들이나 사회 규약에 대한 두려움 없이 마음껏 쉴 수 있었다. 서로 통성명을 한 적은 없지만 다른 회원들 역시 내게 미소로 화답했다.

아직 내 취향의 사람은 만나지 못한 터라 난 안면이 있는 여자들을 향해 고개를 끄덕이며, 섬세한 일본식 가구가 있는 다실과 카드방을 거쳐 쾌활한 친츠 무늬 천이 드리워진 거실로 들어갔다. 바로 그때 창가에 서 있던 그녀가 내 눈에 들어왔다. 처음 봤을 때부터 내게 깊은 관심을 보이던, 키 크고 나이 든 여성이었다.

어깨에서 슬리퍼까지 내려오는 부드러운 해바라기 빛의 '감각적인' 가운과 등 뒤로 느슨하게 늘어뜨린 긴 회색 머리카락이 돋보이는 외관은 어디서든 대번에 눈에 띄었다. 비록 이름은 몰라도 난 그녀와 친해지고 싶었다. 일전에 그녀가 교양 있는 친구들과 엄마에 관해 이야기하는 걸 우연히 들었기 때문이다.

그녀는 엄마를 알고 있었다.

그래서 난 그녀에 관해 알고 싶었다. 물론 아직 내 이름을 말할 마음은 없었다. 일단 내 성을 말하는 순간 엄마의 죽음도 언급해야 할 테니까. 굳이 그걸 언급하느니 그냥 레이디 유도리아 버넷 홈즈가 어디선가 자유롭고 활기찬 인생을 만끽하고 있다고 여기도록 두는 편이 낫지 않은가.

이처럼 느슨하게 늘어뜨린 매끈한 가운 차림의 그키 큰 여성과 내가 단둘이 마주친 건 이번이 처음이었다. 그녀가 홀로 있는 지금이 다가가긴 더 쉬울 듯했다. 다만 막상 그러자니 어린애 같은 수줍음이 밀려왔다. "저기, 방해해서 죄송한데요." 감히 용기를 내어 내가 말했다.

그녀는 나이 든 사람치곤 꽤 유연한 자태로 고개를 돌린 후 유난히 큰 청자색 눈으로 날 세심히 살폈다. 하지만, 설마, 순간 놀라움과 흥미로움 속에 불현듯 깨달음이 왔다. 이제 보니 그 눈이 유난히 큰 옥색으로 보인 건 눈에 스페니시 페이퍼(얇은 종이나 천 조각, 혹은 안에 분말 색소가 들어간 펠트 등으로 만든 색조 화장품-역주) 같은 화장품을 썼기 때문이다. 이토록 대담할 수 있다니! 하지만 그 금지된 피부 연화 크림을 얼굴에 바른 건 영 쓸데없는 짓은 아닌 듯했다. 그녀의 얼굴 뼈를 덮은 양피지 같은 주름진 담황색 피부에도 그녀는 놀랍도록 아름다워 보였기 때문이다.

"안녕하세요, 사랑스러운 아가씨." 그녀가 미소 지었다. "어디선가 본 적이 있는 것 같군요." 순간 그녀의 미소에 당혹스러움이 묻어났다. "근데 전보단 젊어 보이는데요."

"네, 지난 5월 이곳에 왔을 땐 20대의 유부녀 차림이었죠." 내가 맞장구쳤다.

"차림이었다고요? 설명을 좀 해주시죠!" 황갈색 등받이가 달린 친츠 재질의 2인용 안락의자에 걸터앉은 그녀가 내게 앉으라는 듯 자기 옆자리를 톡톡 치며 말했다. "이런, 안 그래도 존 제이콥슨 부인의 결혼에 관해 추측이 난무하던데 지금의 당신은 그녀가 아니라는 말로 간단히 그 결혼을 없었던 일로 칠 셈이군요."

"네, 전 결혼하지 않았어요." 옆에 앉은 내가 그녀를 쳐다보며 말했다. "혹시 존함이 어떻게 되시는지요?"

"오, 그걸 바로 말해주지 않았다니 이런, 내 정신하고는! 난 비엔나 스테드웰이라고 해요, 사랑스러운 아가씨."

정확히 들은 건지 어떤 건지 몰라 순간 나도 모르게 얼굴을 찡그렸다.

"네, 비엔나라고요." 야윈 얼굴에 주름이 잡힐 만큼 미소 띤 얼굴로 그녀가 말했다. "플로렌스 나이팅게일처럼 태어난 장소의 이름을 따온 거예요. 아마 당시 창의적인 부모라면 누구든 따랐을 법한 유행이죠."

"창의적인 저희 엄마가 제 이름을 에놀라라고 지으신 것처럼요." 그렇게 난 내 이름을 지나가는 말로나마 간신히 부분적으로 전할 수 있었다. 그러고는 그녀에게 손을 내밀며 인사했다. "안녕하세요, 빈 레이디 스테드웰."

반갑게 악수를 나눈 레이디 비엔나가 나에 관해 좀 더 묻기 시작했지만 바로 그때 하녀가 들어왔다. 경험상 하인들은 좋지 않은 타이밍에 불쑥 나타나는 묘한 재주를 가지고 있었지만, 이번엔 반대였다. 고맙게도 그녀는 물냉이 샌드위치며 마카롱, 레모네이드를 들고 들어왔다. 하녀가 시중을 들 때 난 그녀의 심플한 꽃무늬 드레스에 관해 칭찬을 아끼지 않았다. 보통 전문 여성 클럽의 하녀들은 주름장식 요크가 달린 평범한

검은색 유니폼과 하얀색 앞치마는 물론이고, 우스꽝
스럽게 풀 먹인 모자 또한 착용할 필요가 없었기 때문
이다.

둘이서 샌드위치와 마카롱을 먹는 동안 비엔나가
내 바람대로 복장 개혁에 관해 이야기했고, 난 그 기
회를 틈타 그녀의 파격적인 탐미주의 의상이 얼마나
마음에 쏙 드는지 언급했다. 하지만 그런 사탕발림에
넘어갈 사람이 아니었다. 결국 날 바라보던 레이디 비
엔나는 이렇게 물었다. "에놀라 양, 당신 나이에 이런
런던에서 대체 어떻게 혼자 살 수 있는 거죠?"

"근처에 가족이 살거든요."라고 얼버무렸지만 사실
맞는 말이기도 했다. 마이크로프트 오빠와 셜록 오빠
가 내 가족이었기 때문이다.

"정말이요? 그럼 쇼핑 말고 뭘 하며 지내나요?"

살짝 성가신 느낌이 들었지만 전혀 개의치 않는 양
미소 띤 얼굴로 내가 말했다. "런던 여성 아카데미에
서 수업 몇 개를 듣고 있어요."

"아하!" 그녀는 맞장구치며 수긍했다. "어느 분야의
수업이죠?"

"다양해요. 제 인생의 목표가 실종된 사람이나 잃어
버린 물건을 찾는 '사이언티픽 퍼디토리안'이거든요."

"정말 대단하군요!"

언뜻 이해가 안 가는 듯 그녀의 미소와 눈썹에 당혹스러움이 묻어났지만 난 계속했다. "사실, 지금 제가 해결해야 할 문제가 좀 있어서요. 주제넘은 질문일지 모르겠는데……" 마침내 질문을 꺼낼 수 있는 순간에 이르렀다. "레이디 스테드웰, 혹시 알리스테어 가문에 대해 좀 아시나요?"

그녀가 눈을 몇 번 깜박이더니 대답했다. "한때는 그랬죠. 그분들이 살아 있을 때요. 그게 아니면 혹시 알리스테어 가의 자녀들, 그러니까 오틸리아, 아퀼라, 유스타스를 말하는 건가요?"

자녀들? 그들은 나보다도 훨씬 나이 많은 사람들이었다. "유스타스 알리스테어 경과 그의 가족이요."

"친한 사이는 아니지만 물론 알고 있죠. 그런데 참으로 개탄스러운 추문이 돌더군요." 약간 점잔을 빼는 모습이 레이디 비엔나는 분명 그 추문을 즐기는 눈치는 아니었다.

하지만 난 바로 그 개탄스러운 추문에 관해 매우 알고 싶어졌다. "예를 들면요?"

"오, 가령, 다른 남자에게 실연당한 레이디 테오도라가 자포자기하는 심정으로 유스타스 경과 결혼했지만 평생 그 일을 후회하고 있다는 추문이랄까요."

나는 유스타스 경에 관해 아무것도 모르는 척 시치

미를 떼며 물었다. "유스타스 경이 좋은 남편은 아니었나 봐요?"

"대개의 남편들에 비해 그렇게 뒤처지진 않아요." 하고 레이디 비엔나는 씁쓸히 말했지만, 찻잔을 내려놓은 뒤 좀 더 진지한 어조로 덧붙였다. "하지만 키도 작고 뚱뚱한 데다 높은 지위라면 벌벌 떠는 게 영락없는 나폴레옹 콤플렉스 소유자라 보통 남편들의 결함을 훨씬 능가하기 하죠."

나로선 전혀 모르는 단어였다. "나폴레옹 콤플렉스요?"

"작은 체구의 남자가 툭하면 잘난 체하고 싸워대는 걸, 정신과 의사들은 나폴레옹 콤플렉스라고 부른답니다."

"아, 정신과 의사들이요."라고 나는 되뇌었다.

"네, 인간 행동에 관한 신과학의 창시자들이죠. 혹시 그들이 실시한 놀라운 연구에 관해 들어본 적 있나요?"

"네." 아마도 레이디 세실리의 이중인격(한 사람이 두 가지 이상의 서로 구분되는 정체성을 지닌 채 개인의 행동을 번갈아가며 통제하는 의식 장애-역주)이 그중 가치 있는 연구 주제였을 것이다.

"나폴레옹 콤플렉스는 키 작은 남자들에게서 발현되는 열등감의 한 형태예요," 레이디 비엔나가 말을 이었다. "유스타스 경이 바로 그 전형적인 증상인 거만, 가식, 고함치기, 과대망상적 고집불통 그리고 가정폭력의 행태를 보이고 있죠."

"레이디 스테드웰," 찻잔을 밀어놓은 내가 그녀 쪽으로 몸을 기울여 우리 사이의 간격을 줄이고 계속 똑바로 응시하며 물었다. "혹시 유스타스 알리스테어 경이 아내와 딸을 집에 감금했을 수도 있을까요?"

그 침착한 시선을 한시도 내게서 떼지 않은 채 그녀가 짧게 대답했다. "네, 물론이죠."

2장

그렇다, 지금 세실리는 방에 감금돼 있을 가능성이 높다. 그 생각에 억장이 무너졌지만, 내 결론은 그랬다. 하지만 해 질 녘까지 그 심란한 몇 시간 동안 할 수 있는 거라곤 아무것도 없었다.

그래도 저녁 식사 시간까지 난 조사를 이어갔다.

전문 여성 클럽에서의 만찬은 형식적인 행사라기보다 사회의 엄숙한 규제에 대한 상징적인 반란이었다. 식탁보는 평범한 하얀색 리넨이었지만, 그 풀 먹인 표면 위엔 하나같이 다른 모양의 촛대가 놓여 있었고, 열두 명 이상의 좌석엔 (이 빠진 흔적이라곤 전혀 없는) 각양각색의 근사한 자기 그릇이 놓여 있었다. 은식기도 같은 모양이라곤 하나도 없었으며, 심지어 냅킨마저 제각각이었다. 게다가 이른바 성상파괴운동(726년

동로마 황제 레오 3세가 야훼·그리스도·성모마리아·순교자·성자 등의 이른바 성상에 대한 숭배금지를 명한 것-역주)만큼이나 대단히 혁명적이었던 건, 그 어떤 이유로도 우리 여성을 장식물로 전락시키는 '차려입기'가 이곳 저녁 식사 자리에선 필요하지 않다는 사실이었다. 대신에 벌거벗은 몸만 가려줄 수 있다면 뭐가 됐든 저마다 맘에 드는 옷을 입었다.

대화에도 격식 따윈 없었기에 난 저녁 수프가 나오자마자 오늘 유스타스 알리스테어 경의 집에서 문전박대당한 이야기를 적절한 유머를 섞어가며 거침없이 떠들어댔다.

"맙소사, 좀 충격적이긴 해도 별로 놀랍진 않네요." 주간 신문의 상담란에 칼럼을 쓰고 있는 한 여성 회원이 대답했다. "그 양반이 겉으론 그럴듯한 준 남작(세습은 가능하지만 귀족엔 포함되지 않는 남작과 그 밑의 계급인 기사 사이의 작위) 신분일지 몰라도 실체는 완전 악당이거든요."

"완전 괴짜죠." 백화점에서 매니저로 일하는 여성이 맞장구쳤다. "썩어 문드러진 과대망상으로 머리가 꽉 차 있는 그 사기꾼은 아마 단순한 '경(남작이나 기사에게 붙이는 경칭-역주)' 신분이라 더 그럴 거예요."

"각각 '자작 및 남작'과 결혼한 그의 누나들 오텔리

아와 아퀼라도 남동생 유스타스가 그 사실을 절대 까먹지 못하도록 하겠죠." 얼음물 치료 전문가인 젊은 여성이 덧붙였다.

그 상담 칼럼니스트는 이렇게 요약했다. "유스타스 알리스테어 경은 끔찍한 가정 폭군이에요. 그 많은 아이를 낳기 전에 레이디 테오도라가 먼저 그자를 떠났어야 했어요."

"우리 중 하나가 그녀에게 다이어프램(자궁경부 입구를 막아 정자의 진입을 차단하는 고무로 된 반구형의 피임 기구-역주)이라도 건네줬어야 했어요." 레이디 비엔나가 말했다.

나는 이게 무슨 뜻인지 전혀 몰랐지만, 문득 충격에 빠진 다른 여성들의 시선을 보고는 굳이 캐묻지 않았다. 잠깐 동안 불편한 침묵이 흘렀다.

그러자 살짝 미소 띤 얼굴에 표정 하나 변하지 않던 레이디 비엔나가 덧붙였다. "난 그녀를 전적으로 지지해요. 그녀가 유스타스 경에게 돌아갈 수밖에 없었다니 참으로 가슴 아픈 일이에요."

우리의 시선이 메추라기 프리카세(잘게 다진 고기와 야채를 넣은 요리-역주)에 꽂힐 무렵, 테이블에 죽 둘러 앉은 사람들 사이로 여기저기 수긍의 중얼거림이 흘러나왔다.

29

그때 자문 골상학자가 의아한 목소리로 말했다. "그래도 그녀는 전통적인 의미에서 학대받은 여성은 아니었어요."

"그야 그렇죠." 수치료학자가 싸늘하게 말했다. "하지만 협박에 맞서 싸우는 건 모든 여성의 도덕적 의무예요! 유스타스 경은 자기 딸을 혐오스러운 누나들에게 넘겨 굶주림 속에 포로같이 잡아둔 것도 모자라 두꺼비 같은 사촌과 강제로 결혼시키려 할 만큼 폭군이었어요."

이 사실은 나도 이미 아는 바였다. 당시 세실리의 머리를 잘라 고아로 변장시킨 후 탈출토록 한 장본인이 바로 나였기 때문이다. 그 후 셜록 오빠는 다시 세실리를 그녀의 엄마에게로 데려다주었다. 데번셔에 있는 자기 사촌들과 안전하게 지내길 바라마지 않던 그 엄마 말이다.

내가 말했다. "세실리의 권리를 옹호하기 위해 레이디 테오도라의 가족이 더 담대히 나서지 않은 건 참 유감이에요."

"살기에 빡빡해서겠죠." 상담 칼럼니스트가 비꼬듯 말했다. "아무리 부유하다 한들 여덟 명이나 되는 아이들을 먹여 살리는 건 무리니까요."

"바로 그런 이유로 우리에게 여성 재산법이 절실한

겁니다!" 마치 선포라도 하듯 쩌렁쩌렁한 목소리로 레이디 비엔나가 말했다.

"옳소." 다른 여성들도 열렬히 동의했다. 그 후 대화의 주제는 오랜 숙원이었으나 불과 7년 전인 1882년이 돼서야 통과된 의회제정법으로 흘러갔다. 이 법은 바느질삯이나 은행 계좌 등 아내 스스로 벌어들인 수입마저 남편에게 귀속시키던 기존 관행을 버리고 기혼 여성도 자신의 땅과 은행 계좌 등을 소유할 수 있도록 허용한 법이었다. 하지만 이 정의로운 법도 레이디 테오도라 알리스테어에겐 너무 늦게 제정된 감이 있었다. 이미 개인 재산은 물론 자녀들을 먹여 살릴 방법도 없던 그녀가 그 흉물스러운 남편에게 돌아간 뒤였기 때문이다.

저녁 식사가 막바지로 갈수록 딴 데 마음이 쏠려 있던 난 디저트가 나오기 전에 사람들에게 작별 인사를 고했다. 그러고는 내 방으로 돌아와 문을 잠근 뒤 눈에 띄지 않는 어두운 옷을 찾아 옷장을 뒤적였다. 그리고 마침내 그동안 지혜롭게 보관해온 칙칙한 갈색 정장과 이에 어울릴 만한 모자와 부츠, 장갑을 찾았다. 물론 오빠들, 특히 마이크로프트 오빠는 내 잠행이며 속임수, 변장의 나날이 마침표를 찍었노라고 여기고 싶겠지만 말이다.

전문 여성 클럽의 사람들은 나의 이런 변장과 이중 생활을 거의 알아채지 못했다.

갈색 정장 차림에 모자와 장갑을 착용한 채 방에서 빠져나온 나는 그대로 뒷계단으로 내려가 이 클럽의 훌륭한 시설 중 하나인 체육관으로 갔다. 보통 회원들은 창문 하나 없는 이 지하실의 완벽히 사적인 공간에서 평행봉이며 인디언 클럽(체조나 저글링을 할 때 쓰는 병 모양의 곤봉-역주), 펜싱 마스크는 물론, 플뢰레(칼끝을 동그랗게 해놓은 연습용 펜싱 칼-역주), 5파운드짜리 아령, 배드민턴 라켓, 부풀린 고무공과 같은 운동 기구로 다양한 체력 단련을 실시하곤 했다. 하지만 지금 이곳은 내 간절한 바람대로 개미 새끼 한 마리 없었다.

난 들고 온 촛불을 조심스레 비추며 장비 창고로 들어가 활과 화살을 챙겼다. 뭐 절대로 흉기로 쓸 물건들은 아니었다. 진짜 과녁도 아닌 곳에 화살촉도 없이 쏠 요량이었기 때문이다.

이것들을 준비한 건 전혀 다른 꿍꿍이에서였다. 그나저나 어떻게 이 녀석들을 달갑지 않은 관심을 피해 알리스테어 저택까지 가져갈 수 있을까? 분명 이것들은 내게 필요한 다른 물건들을 넣어 갈 여행용 가방엔 들어가지 않을 터였다.

음.

그런데 그때였다. 이리저리 뒤지던 와중에 활과 화살을 감쌀 만한 바르티츠(빅토리아 시대 후반 영국에서 인기 있던 주짓수를 바탕으로 한 무술-역주) 망토가 눈에 들어왔다. (동양의 기술인 '바르티츠' 호신술은 신사가 지팡이와 외투만 쓰는 게 철칙이었다. 그래서 그런 장비가 없는 여자들은 파라솔과 망토를 가지고 연습했다.) 난 망토로 무기들을 단단히 싸맸다. 다 싸매고 보니 부피는 좀 커도 겨드랑이에 딱 끼고 다닐 만한 가벼운 보따리가 되었다.

그리하여 이 보따리를 든 나는 쌀쌀한 10월의 어두운 밤 속으로 힘차게 길을 떠났다. 미리 심부름꾼을 보내놓은 만큼 해럴드와 그의 마차, 그리고 그의 충실한 브라우니가 날 기다리고 있었다. 모자챙을 건드려 내게 거수경례를 하던 해럴드가 말했다. "어디로 모실까요, 에놀라 아가씨?"

"오늘 아침 절 데려갔던 곳 기억하시죠?"

"그럼요, 아가씨." 순간 그의 말투에서 그 험한 꼴을 당하고도 또 가느냐는 핀잔이 어렴풋이 느껴졌다. 당연히 그는 기억하고 있었다.

"좋아요. 하지만 이번엔 앞쪽 말고 뒤쪽으로 가주세요." 정말 그 저택에 사는 누구의 눈에 띄어서도 안 되는 상황이었다.

"분부대로 합죠, 에놀라 아가씨."

냉랭한 바람을 맞으며 가는 동안 나는 못지않게 냉정한 논리로 다시 한번 내 계획을 점검해보았다. 사실 여러 번 점검해봤지만 그럴수록 가능성은 더 희박해 보였다. 하지만 불과 얼마 전에 훨씬 더 정신 나간 일도 버젓이 해내지 않았던가. 고로, 마침내, 난 차가워진 내 돌출된 코를 문질러대며 내 안의 의심 따윈 떨쳐버렸다.

해럴드가 나와 얘기를 하고 싶은지 마차 지붕의 합판이 스르륵 열렸다. "에놀라 아가씨, 여기서 마차를 돌릴까요?"

반사된 가로등 불빛 덕에 미세하게나마 밝혀진 어둠 속 주위를 응시하며 내가 말했다. "네, 괜찮으시다면요."

'여기'는 마차용 말들과 두엄 더미 냄새를 상기시키는 미로처럼 즐비한 마구간들, 그러니까 말 한 마리당 하루 50파운드를 받는 마구간들로 이어지는 너절한 뒷골목이었다. 다행히 위풍당당한 알리스테어 저택은 나머지 집들보다 우뚝 솟아 있었고 외형만 봐도 대번에 알 수 있었다. 난 마구간들과 마차 차고들의 지붕을 눈여겨보며 5층짜리 알레스테어 건물 뒤쪽을 유심히 살핀 뒤 이륜마차의 지붕을 톡톡 두드렸다.

이윽고 이륜마차가 멈춰 섰다. "기다려드릴까요, 에 놀라 아가씨?"

"아뇨, 괜찮아요. 혼자서도 괜찮을 것 같아요." 난 마차에서 내려 해럴드에게 돈을 건넨 뒤, 그가 떠날 때까지 그 자리에 서 있었다.

그러고는 어둠을 따라 알리스테어 저택의 뒤편을 좀 더 살피기 위해 그 저택의 마구간 뒤쪽, 나름대로 관찰이 용이한 위치로 이동했다. 그곳에선 이전 방문 때 알아놨던 레이디 세실리의 침실 창문이 방 안쪽으로부터 비치는 가스등 불빛 덕에 꽤 명확히 보였다. 당연히 각 창문은 활짝 열려 있었다. 자고로 본데 있게 자란 귀족이라면 건강을 위해 아무리 쌀쌀한 밤이라도 잠자는 동안 신선한 공기를 마셔야 했기 때문이다. 그런데 맙소사, 그 열린 창문들은 높아도 너무 높은 곳에 있었다.

보통 이런 부유한 도시 저택의 지하 저장고와 1층은, 현관 안쪽의 넓은 홀과 웅장한 계단을 제외하면 세탁소나 부엌 등으로 쓰였다. 1층엔 오전용 거실, 도서관, 식당, 당구장 그리고 춤을 춰도 될 만한 넓은 응접실 등이 있고, 2층엔 유스타스 경의 침실과 테오도라의 내실이 있다. 3층과 4층은 보육실, 교실, 침실 등아이들을 위해 마련된 공간. 특히 4층엔 불이 켜진 채

35

창문이 열려 있었는데 틀림없이 성실한 유모가 알리스테어 가의 가장 어린 식구들 — 아직 기숙학교에 다니지 않는 아이들 — 잠자리를 준비하고 있을 터였다. 그리고 하인들이 묵고 있을 5층 다락방.

내가 마차 차고와 울타리 사이의 좁고 그늘진 공간에 웅크리고 앉아 활과 화살을 꺼낼 무렵, 3층 창문 너머로 한 익숙한 형체가 지나가는 게 보였다. 짐작대로 세실리는 방에 있었다.

나는 여행용 가방에서 가느다란 연날리기용 끈 뭉치를 꺼내 충분히 푼 후 화살 중 하나의 깃털 부분 바로 위쪽에 단단히 묶었다.

비록 전문가는 아니어도 난 활을 쏴본 적이 있었다. 활쏘기는 시골에서 자란 소녀들에겐 흔한 오락거리였기 때문이다. 고로 세실리 방의 열린 창문 — 조약돌 따위를 던지는 전통적인 방법으론 닿지도 못할 만큼 높이 달린 창문 — 안쪽으로 '쌩' 하는 소리와 함께 화살을 쏜다면, 그녀의 주의를 끌 수도 있겠다는 합당한 확신이 들었다.

행여 마구간지기나 부엌 일꾼, 또는 부랑자가 돌아다닐세라 그 부지를 상세히 살펴봤지만 다행히 눈에 띄는 건 없었다. 그럼에도 드러내놓고 바깥으로 나와서자 심장은 더 빠르게 방망이질 쳤다. 그나마 확실히 내 어두운 의상은 캄캄한 밤과 찰떡궁합을 이뤘다……
어쨌든 누군가 소리칠 걱정 따윈 없기에 난 여유롭게
호흡을 가다듬었다. 그러고는 화살을 활시위에 꽂고
힘껏 잡아당긴 뒤 세실리 방 창문 안쪽으로 날려 보낼
만큼 높은 각도로 쏘았다.

아, 빌어먹을, 거기까지 날려 보내는 건 어림도 없는
일이었다! 그러기는커녕 끌리는 연줄 때문인지, 부족
한 기술 때문인지, 아니면 순전히 삐딱한 마음 때문인
지, 안타깝게도 화살은 2층 창문에 거칠게 부딪힌 뒤
날쌔게 옆으로 빗나갔다.

"저게 대체…… 뭐야?" 그때 쩌렁쩌렁 고함치는 위
압적인 남자 목소리가 들려왔다. 그 거친 말투로 보아
유스타스 경의 목소리일 듯싶었다.

빗나간 화살은 저택 옆쪽으로 떨어졌다. 마차 차고
의 그늘진 곳으로 몸을 수그린 나는 두 손을 번갈아가
며 광란의 속도로 연줄을 잡아당긴 끝에 범행의 증거
인 내 화살을 찾아냈다. 현관문이 쾅 하고 닫힐 무렵
까지도 난 여전히 연줄을 감고 있었는데, 그때 네 명
의 남자가 저택 모퉁이를 돌아 내 쪽을 향해 다가왔다.
한 명은 집사였고, 다른 두 명은 하객으로 보였다. 그
러나 랜턴을 들고 선두에 선 사람은 유스타스 경이 분
명했다.

한 번도 본 적은 없지만 틀림없었다. 불행히도 그는 이미 안면이 있던 성질 더러운 누나들과 매우 닮았기 때문이다. 넙데데하니 살집 많은 얼굴에 땅딸막한 체형의 특징인 단추 눈과 아기같이 꽉 다문 입 그리고 심지어 들창코까지 아퀼라와 오텔리아를 쏙 빼닮았던 것이다. 허리 또한 누나들처럼 눈에 띄게 굵었다.

"저기서 뭔가 움직였어!" 내가 숨은 곳을 가리키며 그가 소리쳤다.

3장

이런 시급한 상황에선 아무리 빨리 대응해도 마냥 하
세월인 느낌이다. 이 경우, 여행용 가방, 바르티츠 망
토, 활과 화살은 물론 가장 시급하게도, 나 자신을 숨
겨야 했다. 물론 이걸 다 한꺼번에 바로 숨길 수도 있
었지만 난 그러지 못했다. 활과 화살을 울타리에 대
충 찔러 넣고 그 위로 아무렇게나 여행용 가방을 던져
놓을 무렵, 이미 남자들이 내 근처까지 거의 다다랐기
때문이다. 나는 바르티츠 망토를 두 팔로 대충 감싸
안은 뒤 마치 갈라진 틈 사이로 도망치는 바퀴벌레처
럼 마차 차고와 울타리 사이를 재빨리 뒷걸음질로 도
망치기 시작했다. 그렇게 날 쫓는 자들의 랜턴이 내가
있는 쪽을 막 비추려는 순간, 난 마차 차고의 모퉁이

를 홱 돈 후 헐떡거리며 모퉁이 벽에 등을 딱 붙였다. 논리적으로 지금 할 일은 마구간이 즐비한 곳으로 도망치는 일이었다.

하지만 논리가 전부는 아닌 법.

난 마차 차고의 반대편으로 게걸음을 치듯 슬그머니 걸어가 모퉁이를 흘끗 쳐다보았다. 당구 게임이든 뭐든 남자들이 원래 하던 일로 돌아가는 광경이 펼쳐지길 바라면서 그렇게 했다.

그러나 그 광경 대신 내 눈에 띈 건 높은 창문 위에서 잠옷 차림으로 바깥을 내다보고 있는 한 자그맣고, 가냘프고, 우아한 소녀였다.

바로 세실리였다!

나는 마차 차고 뒤쪽에서 불쑥 뛰쳐나와 세실리에게 손을 흔들었다.

순간 그녀의 머리가 놀란 사슴처럼 경계 태세를 취했지만 이내 날 알아보았다.

하지만 그건 유스타스 경도 마찬가지였다. 그는 날 향해 "당신!" 하며 으르렁거렸다.

40 한 손으론 망토 꾸러미를 들고 다른 한 손으론 무릎 위로 스커트를 걷어 올리면서까지도 여전히 난 남들보다 빨리 달릴 수 있었다. 고로 난 그렇게 했다. 쏜살같이 달려가는 내 뒤로 남자들이 사냥개 떼처럼 소리

치며 따라왔다. 난 그들을 마구간이 즐비한 캄캄한 어둠 속으로 이끈 뒤 한 마구간의 모퉁이를 돌고 거름 통과 닭장을 지나 염소 우리 쪽으로 향했다. 염소들은 기어오르는 데 선수였고 그건 나도 마찬가지였다. 나는 염소 헛간 지붕으로 망토를 던져 바로 기어 올라갔고, 이어서 더 높은 지붕 — 아마도 유제품 제조소의 지붕? — 으로 기어 올라갔다. 어디가 어딘지 잘 분간이 안 갔지만 신경 쓰지 않았다. 그렇게 이끼로 뒤덮인 그 기이한 지붕 위에서 행여나 헐거워진 슬레이트를 떨어뜨려 발각될세라 난 망토 등을 들고 납작하게 누운 채 마치 덤불 속 토끼처럼 꼼짝 않고 있었다.

나를 쫓던 제법 많은 수의 남자들이 순식간에 내 쪽으로 우르르 몰려왔다. 나름대로 가쁜 숨을 참아보려 했지만 헐떡거릴 수밖에 없었다. 뭐, 상관없었다. 그들도 저마다 헐떡거리며 고함쳐대느라 내 헐떡거림 따윈 듣지도 못했을 테니까. 그들이 내 옆쪽을 쿵쾅거리며 지나갔다.

나는 그들의 뒷모습이 보이자마자 몸을 날려 땅으로 폴짝 뛰어내렸다. 그러고는 왔던 길로 달려가 알리스테어 가의 마차 차고로 돌아왔다. 하지만 이번엔 뒤쪽에 몰래 숨기보단 앞쪽 문으로 뛰어 들어갔다. 위층에서 자고 있던 마부들과 마구간지기 소년들이 추격에 동참하러 밖으로 나오는 바람에 문이란 문은 다 열려 있었기 때문이다. 마차 차고 안은 칠흑같이 어두웠지만 다행히도 내 야간 시력은 훌륭했다. 나는 거기 있던 가장 호화로운 사륜 쌍두마차로 뛰어가 올라탄 뒤 그 사치스러운 좌석 밑에 납작 엎드렸다. 또 나중에 생각이 들어 다용도의 바르티츠 망토로 몸을 덮은 후 쥐 죽은 듯 가만히 엎드려 있었다. 마차 안의 어두운 내장재와 구분이 안 돼 누가 슬쩍 마차 안을 들여다보더라도 눈치채지 못하길 바라면서 말이다.

하지만 가까이 다가온 사람은 아무도 없었다. 곧이어 문이 닫히고 빗장 채우는 소리가 들려왔다. 마차 차고의 다락방에 사는 사람들이 저마다 침대로 돌아가는 소리도 들렸다. 마침내 한 시간쯤 후엔 사람들이 하나둘 코를 골기 시작했다.

유스타스 경마저 곯아떨어졌다는 확신이 들 때까지 난 한 시간 정도 더 기다렸다. 그 후 인기척이라도 낼세라 조심하며 사륜 쌍두마차에서 살금살금 기어 나왔다. 만일 자리를 뜨는 와중에 개라도 있었다면 난 그길로 끝장이 났을 거다. 하지만 다행히도 유스타스 경은 개를 좋아하지 않는 눈치였다.

물론 그는 자기 아내나 큰딸도 그다지 좋아하지 않았다.

레이디 세실리의 창문을 제외한 알리스테어 가의 모든 창문이 칠흑같이 어두웠다.

세실리는 날 기다리고 있었다. 고로 난 그녀를 실망시키지 말아야 했다.

난 소리가 나지 않도록 주의를 기울이며 울타리에 던져둔 여행용 가방과 활, 화살들을 회수했다. 더듬거려가며 끈 달린 화살도 찾아냈다. 다음으로 레이디 세실리 침실의 열린 창문 쪽으로 훨씬 더 가까이 다가가서는 다시 한번 그 불빛이 비치는 창문 틈으로 화살을 쏘았다.

화살은 보기 좋게 빗나갔다. 하지만 벽돌 벽에 부딪힌 걸로 보아 그리 형편없는 건 아니었다.

난 혼잣말로 저속한 말을 내뱉으며 다시 한번 시도했다.

하지만 화살은 이번에도 빗나갔다.

그 후 이어진 수많은 시도에 대해선 친애하는 독자를 위해 이만 생략하겠다. 그때 세실리가 창가로 다가와 밖을 내려다보려고 몸을 내밀지 않았다면, 난 아마 밤새도록 그러고 있었을 거라고만 말해두겠다. 그나마 세실리는 아직 무슨 상황인지 모르는 와중에서도 침묵하는 센스를 발휘했다.

나는 세실리가 날 잘 볼 수 있도록 앞으로 나아가 ─

그때 불빛이라곤 그녀의 창문과 가로등에서 새어 나오는 간접적인 불빛이 전부였다 — 그 끈 달린 화살을 높이 쳐들었다. 확신컨대 이런 어둠 속에선 세실리가 내 화살을 보지 못할 게 분명했기 때문이다. 나는 그녀가 내 몸짓을 보고 감을 잡도록 줄을 양손으로 잡아당겨 보였다.

놀란 그녀의 입이 O자 모양이 되었다. 그러나 이내 자세를 바로잡더니 검지를 치켜들며 기다리라는 신호를 보내왔다. 그러고는 시야에서 사라졌다.

나는 입술을 깨물며 꽤 길어질 법한 이 기다림을 위해 어둠 속으로 물러났다.

그런데 마침내 창가로 돌아온 세실리의 손엔 뭔가가 들려 있었다! 바로 파스텔 톤의 뜨개실 뭉치였다. 세실리는 한 손으로 그 뜨개실 뭉치를 쥔 채 창문 밖으로 내민 뒤 다른 한 손으로 재빨리 뜨개실을 풀어 내리기 시작했다.

나는 활과 화살을 버려둔 채 여행용 가방을 들고서 마치 노상강도라도 된 듯 살금살금 앞으로 걸어갔다. 저택에 드리워진 어둠 속으로 너무 깊이 들어가는 바람에 보이는 건 없었다. 하지만 위에서 내려오는 뜨개실을 손으로 이리저리 만져가며 내게 필요한 물건을 찾기 위해 가방 속을 더듬거렸다.

44

그때 문득 뜨개실이 내 코를 살짝 스쳐 가는 게 느껴졌다. 저절로. 그렇게 평생 내 코는 늘 사물에 먼저 닿곤 했다. 나는 어둠 속에서 뜨개실을 움켜쥔 뒤 세실리에게 내가 잡고 있다는 걸 알리기 위해 세게 잡아당겼다. 그러고는 어둠 속에서 더듬거려가며 그 뜨개실의 매듭진 부분에 가방에서 꺼낸 한 뭉치의 두툼한 갈색 노끈의 끝을 묶었다.

뜨개실은, 알다시피, 밧줄 무게를 견딜 만큼 튼튼하지 않았기 때문이다. 뭐, 내 연줄용 끈도 밧줄을 버틸 만큼 튼튼하지는 못했을 터다.

나는 노끈을 연결한 뜨개실을 잡아당겨 다시 한번 신호를 보냈다. 하지만 그녀는 이런 내 의도를 전혀 눈치채지 못한 듯 아무런 반응이 없었다. 난 다시금 불빛 쪽으로 달려가 그녀에게 뭔가를 끌어올리라는 시늉을 해 보였다.

곧 세실리는 훌륭한 선원처럼 뜨개실을 잡아당기기 시작했고, 노끈이 그녀의 손에 다다를 무렵 난 동작을 멈추고 잠시 기다리라는 신호를 보냈다. 이는 내가 최대한 은밀하게 비장의 무언가를 노끈에 묶을 때까지 기다리라는 신호였다.

그 비장의 무언가는 바로 밧줄이었다.

이번엔 내가 노끈에 잡아맨 밧줄을 잡아당기자마자

바로 세실리가 알아차리고 줄을 끌어당겼다. 난 다시 그녀가 볼 수 있는 위치에 서서 세실리가 밧줄을 손에 쥘 때까지 잠시 기다렸다가 다시 매듭을 지으라는 시늉을 해 보였다. 물론 매듭을 지을 때 끝을 팽팽하게 당기라는 강조도 잊지 않았다. 세실리는 고개를 끄덕이고서 사라졌다.

나는 세실리가 밧줄을 자기 방의 움직이지 않는 견고한 물건에 최대한 안전하게 고정해야 한다는 걸 이해하길 바랐다. 그래야 그 무표정한 얼굴의 집사가 들이닥치기 전에 저 위로 올라가 그녀와 대화를 나눌 수 있었다. 난 창문 밑으로 다가가 내 쪽의 밧줄 끝을 붙잡은 뒤 캄캄한 어둠 속에서 위로 올라오라는 신호가 떨어지기만을 손꼽아 기다렸다.

드디어 밧줄의 당겨짐이 손에 와 닿는 순간, 뜻밖에도 살아 꿈틀거리는 듯한 그 감촉에 놀라 난 하마터면 밧줄을 놓을 뻔했다! 친애하는 독자가 이해해줬으면 하는 건, 그런 칠흑 같은 어둠 속에서 마치 자기 의지로 휙휙 움직이는 듯한 밧줄을 쥐고 있노라면 꽤나 불쾌해진다는 사실이다. 물론 뭔가가 밧줄을 타고 날 향해 내려오는 걸 깨닫기 전까진 말이다. 그때까지도 난 눈앞의 광경을 거의 믿지 못했다. 예나 지금이나 레이디 세실리는 나 같은 말괄량이가 아니었기 때문이다.

그 바람에 그녀의 맨발이 내 손에 닿을 무렵, 난 거의 비명을 내지를 뻔했다.

이윽고 세실리가 땅바닥에 닿는 순간 난 밧줄을 놓으며 헉하고 숨이 턱 막히는 것 같은 소리를 냈다. "세실리?" 다행히, 깜짝 놀라 내뱉은 모기만 한 목소리는 오히려 부드럽게 들렸다.

"에놀라?" 그녀가 왈칵 울음을 터트리며 속삭였다. "전 당장 떠나야 해요."

"*그 잠옷 차림으로요?*" 세실리의 잠옷은 너무나도 하얘 어둠 속에서 유령처럼 보였다.

"그들이 제 옷을 다 가져갔어요. 책이랑 쓰거나 그릴 수 있는 모든 걸요. 정말 이러다 미쳐버릴 것만 같아요, 에놀라……" 그녀의 목소리가 갈라졌다.

세실리에게 손을 뻗어 그녀의 손을 잡고 걷기 시작한 나는 머리는 바삐 굴리면서도 느긋한 걸음걸이로 그녀를 마구간 쪽으로 인도했다.

좋아, 에놀라. 불가능한 일들을 맞닥뜨렸을 땐 한 번에 하나씩 해결하는 거야.

난 행여나 사람들의 눈에 띌세라 세실리의 창문에서 나오는 불빛을 피해 간신히 여행용 가방과 활, 화살, 그리고 바르티츠 망토를 찾아냈다. 지금으로선 오직 망토만이 요긴할 듯했다. 나는 그 주름 잡힌 검은

47

색 망토로 가급적 덜 눈에 띄도록 목에서부터 발목까지 그녀를 감쌌다. 그러고는 내 가슴에서, 아니 감춰진 내 앞쪽 주머니에서, 세실리의 밝은 머리카락을 가려줄 어두운 숄도 꺼냈다. 그런데 막 숄을 씌우려는 순간, 그 삼단 같던 금발 머리는 어디 가고 촌스럽게 빡빡 깎은 머리카락의 감촉이 손에 와 닿았다.

"아직도 꽤 짧네요!" 내가 귓속말로 소곤거렸다. 가장 최근 그녀를 구해야 했을 때도 고아로 변장시키기 위해 머리를 깎아줬지만, 그건 벌써 몇 달 전 일이었다.

"아버지가 또다시 어머니와 절 강제로 집에 들여앉힐 때 제가 다시 잘랐어요. 이 일로 아버진 거의 쓰러질 뻔했죠. 이미 전 눈치채고 있었어요. 아버지는 오직 결혼 시장에서 최고가로 낙찰받게 할 요량으로 제 머리가 다시 자라기만을 손꼽아 기다리고 있다는 걸요."

나는 활이며 화살, 밧줄, 여행용 가방 등을 되는대로 버려둔 채 세실리를 데리고 마차 차고를 지나갔다. "그럼 당신의 가위도 부모님이 가져갔겠군요."

"아버지죠. 그런데……." 그녀의 목소리가 떨려왔다. "아버지가 절 가둔 후 어머니와의 연락이 끊겼어요."

"하지만 분명 어머니의 하녀가 뭔가를 말해줄 수 있었을 텐데요……."

"하인들과는 대화할 수 없어요."

"가혹하군요." 내가 중얼거렸다. 어디로, 어떻게 가야 할지 통 감도 오지 않는 상황에서 난 세실리를 데리고 골목으로 갔고, 그곳에서 대충 방향을 찍어 동쪽으로 향했다. 그런데 잠시 후 추위에 떨던 세실리가 돌부리에 발을 찧어 절뚝거리는 게 느껴졌다.

"다음 교차로까지만 갈 수 있다면," 내가 부드럽게 말했다. "아무래도 인도가 더 편할 거예요. 거기엔 가로등이 있어 돌부리도 눈에 잘 뜨일 거고요."

하지만 난 생각하고 있던 나머지 부분, 곧 적절한 계획이라곤 없는 이 즉흥적인 탈출에 대해선 입도 뻥긋하지 않았다. 사실 내가 세실리를 숨길 수 있는 유일한 장소는 도시 저편에 있었기 때문이다. 그곳은, 그녀가 맨발이 아니라고 해도, 결코 걸어갈 만한 곳이 아니었다. 하지만 무턱대고 이륜마차를 부를 수는 없었다. 그랬다간 분명 사람들 눈에 띄어 추적당할 게 뻔했다. 아울러 이 밤엔 전차며 합승마차, 지하철도 아예 운행하질 않았다. 그렇다고, 뭐 그다지 춥진 않았지만, 그냥 알리스테어 저택의 코앞으로 가서 해 뜨기만을 기다릴 수도 없는 노릇이었다.

우리의 걸음걸이는 갈수록 느려졌고 아직 인도엔 다다르지도 못했다.

나는 세실리에게 말했다. "제 등에 업혀요."

49

"에놀라! 그럴 순 없어요!"

"아뇨. 그럴 수 있고 그래야 해요. 지금 발에서 피가 나잖아요, 안 그래요?"

"그래도 안 돼요."

"지금 업히지 않으면, 그들이 곧 들이닥칠 텐데, 바닥에 개나 소나 다 따라올 만한 빤한 흔적만 남기게 될 거예요." 세실리 쪽으로 등을 돌려 웅크리며 내가 말했다. "당신은 어린애처럼 가벼워요. 어서 업혀요."

"에놀라……."

"자, 내 목에 손을 두르고 올라타요." 누가 셜록 홈즈의 여동생 아니랄까봐 딱 그에 걸맞은 명령조로 내가 말했다. 세실리는 내 말대로 했다. 그녀가 등에 올라타자 난 세실리의 무릎 뒤쪽을 잡고 그녀를 들쳐업었다. 그러고는 (여자들이 꼭꼭 감추고 다니는) 그녀의 다리를 내 두 팔 위로 달랑달랑 늘어뜨린 채 우리 둘의 무게를 부츠 신은 내 발이 오롯이 짊어지도록 한 후 훨씬 빠른 속도로 그곳을 떠났다.

너무 가벼운 세실리를 향해 내가 물었다. "또 굶고 있는 거예요?"

세실리는 대답하지 않은 채 고개를 숙였다. 순간 내 목덜미에 그녀의 눈물이 고이는 게 느껴졌다.

하지만 세실리는 소리 내어 울지 않았다. 우리 사이

에 한동안 침묵이 이어지는 가운데 나는 몇 블록을 성큼성큼 걸어갔다. 팔다리와 다른 신체 부위가 조금씩 아파오기 시작했다. 그러나 허리를 구부린 내 시선 아래로 오직 땅만 보이는 상황에서, 머릿속엔 온통 한 걸음 한 걸음 앞으로 나아갈 생각뿐이었다. 요컨대 그만큼 주위에 대한 경계심도 상당히 느슨해질 수밖에 없었다.

"안녕하세요!" 그때 엎어지면 코 닿을 거리에서 웬 권위적인 목소리가 들려왔다. "무슨 일이죠?"

4장

순찰을 돌던 제복 차림의 경관이 랜턴을 들고 우리를 죽 훑어봤다.

"케이티, 잠깐 내려봐." 나는 세실리에게 아일랜드 억양으로 말했다. 아무래도 이렇게 구렁이 담 넘어가 듯 둘러대는 게 나을 듯했다. 상황도 상황이거니와 이런 평범한 차림으로 귀족 억양을 썼다가는 대번에 의심을 살 터였기 때문이다. "그러니까 이건 제 여동생을 찾게 된 이야긴뎁쇼." 세실리를 힘겹게 들쳐업은 가운데 똑바로 서 있는 것만으로도 큰 안도감을 느끼며 경쾌하게 지껄여댔다. 그동안 세실리는 내 팔에 어린애처럼 착 달라붙은 채 제 역할을 소화했다. "하마터면 여동생이 거리에서 밤을 지새울 뻔했는데 말입죠. 그러니까 어떤 악당 같은 놈이 여동생을 납치해서는 돈이며 신발까지 몽땅 빼앗아 갔지 뭐예요. 이제 여동생을 집으로 데려가 따뜻한 침대에 누이고 수프도 좀 먹이려 합니다요. 물론 하늘이 굽어살펴주신다면 말입죠. 그래서 말인데……."

"집이 어딘데요?" 감탄스러울 정도로 내 요점을 단번에 파악한 경관이 끼어들었다.

"아, 네네, 여동생을 데리고 세븐 다이얼스까지 가야 합니다요." 세븐 다이얼스는 내 목적지 근처에 있는 낙후된 동네였다. "그런데 날씨도 겁나게 춥고, 동생의 가엾은 발이 지칠 대로 지쳐서는 피투성이가 됐지 뭐예요."

"그래 보이는군요." 친절의 의무는 있지만 바빠서인지 찌푸린 얼굴로 경관이 퉁명스럽게 말했다. "따라오세요." 우리는 길모퉁이 공중전화 부스를 향해 성큼성큼 걸어가는 그를 뒤따랐다. 나는 세실리가 절뚝이며 혼자 걷도록 내버려 뒀다. 그녀에게 무슨 말이라도 속삭일 수 있으려면 우리가 뒤처져 걸어야 했기 때문이다. "암말도 마요." 내가 세실리의 귀에 대고 나지막이 속삭였다. 아일랜드 처녀처럼 말하는 건 그녀한텐 무리였기 때문이다.

경관이 웬 박스를 열쇠로 열더니 그 안에 든 기구의 L자형 손잡이를 돌려댔다.

53

"그거 혹시 전화기인가요?" 세실리가 불쑥 내뱉었다. 필시 너무 흥분한 나머지 내 경고 따윈 잊은 눈치였다.

"쉿!" 내가 말했다.

손잡이를 돌리는 소리 때문에 다행히 경관은 우리의 대화에 호기심 어린 시선만 보낼 뿐이었다.

"그거 혹시 전화기인갑쇼?" 내가 아일랜드 억양으로 다시 물었다.

"물론입죠." 경관도 덩달아 아일랜드 억양으로 답했다. "한 번도 못 봤나 봐요? 이건 공식적인 *경관* 전화기예요." 이어서 경관이 전화기의 송화기에 대고 말했다. "여보세요? 여보세요! 이쪽으로 말 탄 경관 한 명만 좀 보내주세요. 왜냐고요? 여성 둘을 데려가야 하거든요. 한 명은 앞쪽, 다른 한 명은 뒤쪽 이렇게 태우면 될 것 같아요."

빌어먹을! 세실리와 난 결코 이만큼의 관심을 원한 게 아니었다.

경관이 전화기에 대고 "잠시만요."라고 말한 뒤 갑자기 전화박스 바깥의 거리로 뛰쳐나갔다. 그가 떠난 자리엔 수화기가 전화기 줄에 달랑달랑 매달려 있었다. 분명 경관도 이미 내 귀에 들린 따가닥따가닥 소리가 다가오는 걸 감지한 듯했다.

"저도 전화기를 갖고 싶어요." 세실리가 속삭였다.

"오텔리아 고모도 하나 가지고 있거든요."

"제발 *조용히 해줄래요?*" 내가 귓속말로 대꾸했다.

한편 경관은 "여기요!"라고 소리치며 양팔을 풍차처럼 돌려대고 있었다. 문득 그 동작을 보니 내가 아직 터득하지 못한 깃발신호가 떠올랐다. 왜 선원들이 '위그왜그wigwag'라고 부르는 그 동작 있지 않은가. 난 바로 이 말을 마음에 새겼다. *깃발신호를 배우고 그걸 세실리에게도 가르치자. 아까 같은 상황이 또 온다면, 우리에겐 깃발신호가 필요하다.* 분명 세실리네 뒤뜰에 있을 때 이런 신호만 있었어도 어느 정도 소통이 가능했을 터다.

그때 가로등 너머로 칠흑 같은 어둠을 뚫고 어떤 등굽은 남자가 나타났다. 그는 낡아 빠진 짐마차 좌석에 앉아 웬 늙은 말을 몰고 있었는데 그 볼품없는 모자와 행색으로 보아 필시 행상인이 분명했다.

"안녕하세요, 제프리스." 그가 경관에게 답했다.

"안녕하세요, 루카스. 일찍 나왔네요. 빌링스게이트로 갈 거죠?"

"거기 아님 어딜 가겠어요."

남자는 건방졌지만 경관은 개의치 않는 눈치였다. 경관이 인도에서 옹기종기 서 있는 우리를 돌아보며 엄지손가락을 치켜들었다. "이 두 여성을 세븐 다이얼스까지 데려다주면 감사하겠소."

행상인은 대답은커녕 구시렁거렸다. 그러나 경관은
더는 격식 따위 차리지 않은 채 내 허리 부분을 움켜
쥐고는 번쩍 들어 올려 사륜마차에 쿵 내려놓았다. 이
어서 그가 세실리까지 번쩍 들어 내 옆에 내려놓았을
때, 난 입을 벌린 채 어리둥절한 얼굴로 짐마차 안 짚
더미 위에 앉아 있었다. 다행히 난 세실리가 얼굴을
가리려고 뒤집어쓴 숄의 그늘 쪽으로 자꾸 고개를 수
그리는 모습을 흐뭇하게 느낄 만큼 다시 분별력을 되
찾았다.

"좀 누워요," 말이 앞으로 나아갈 때 내가 속삭였다.
"잠든 척하라고요." 그러고는 몸의 온기를 위해 짚 속
으로 파고들며 나도 잠든 척했다. 괜히 경관에게 '정말
감사합니다요!'라고 외쳤다가는 경관이나 행상인에게
우리에 대한 기억만 각인시키는 꼴이 될 게 뻔했기 때
문이다.

"여기가 어디죠?" 내가 상록수 관목 뒤에 숨겨진 문 ㅡ
그 걸쇠가 소용돌이 문양의 '번지르르한' 목재 장식을
누르면 열리게 되어 있는 문 ㅡ 을 열 때 세실리가 물
었다.

"쉿." 드디어 새벽녘에 우리는 목적지에 도착했다.

그러니까 베일리 부인이 일어나 부엌에서 어슬렁거릴 딱 그맘때 말이다. 그러고 보니 문득 당황스러워졌다. 지금 우리 둘에겐 먹을 게 간절했기 때문이다.

그런데 그 순간, 그런 고민을 하느라 어느새 세실리의 목소리가 매우 나약하고 유순하게 변했단 사실도 미처 눈치채지 못한 걸 깨달았다.

경첩이 기름칠이 잘 되었는지 비밀문은 꽤 조용히 열렸고, 덕분에 우리는 다른 사람들에게 들키는 일 없이 이 목적지 곧, 내가 '사이언티픽 퍼디토리언인 레슬리 라고스틴 박사'에게 제공한 집의 내부 사무실로 들어갈 수 있었다. '라고스틴 박사'는 추후 공지가 있을 때까지 영업시간을 단축했지만 난 그 부지를 계속 소유한 채 하숙생들에게 임대하여 임대료를 받고 있었다.

바깥에서 보면 그저 책장으로 보이는 비밀문을 닫은 후, 나는 세실리를 대형 소파로 안내했다. 그 소파는 내가 '털실로 짠 담요'를 뒤집어쓰고 시도 때도 없이 낮잠을 자던 곳이었다. 세실리를 그 편안한 소파에 앉히자, 그녀는 멍한 얼굴로 라고스틴 박사의 거대한 마호가니 책상과 튀르키예 카펫 그리고 벽면 — 여느 사무실과 달리 책장이 아닌 창문으로 들어찬 벽면 — 창문에 드리워진 육중한 커튼을 둘러보았다. 물론 그녀는 가스 샹들리에도 둘러봤는데 그건 급사 소년 조디가 문 아래서 반짝이는 걸 감지할 수도 있기에 절대로 켜선 안 되는 물건이었다. 하지만 뭐, 밤새 어둠 속에 뜬눈으로 있다 보니 어스름한 빛으로도 주변을 둘러보기엔 충분했다.

나는 발끝으로 방을 가로질러 살금살금 세실리에게 다가가서는 주의 차원에서 내 입술에 손가락을 갖다 대 보였다. 그러고는 다른 책장을 밀어젖히자 작은 비밀방이 나타났다. 한때 강신술사가 강령회 동안 어수룩한 사람들을 미혹할 때 쓰던 이 작은 방에 난 변장을 위해 필요한 다양한 옷과 가발, 모자 그리고 얼굴 분장을 씻어내기 위한 물동이를 보관했다.

무엇보다도 지금 내겐 이 물이 필요했다. 나는 대야에 물을 반쯤 채운 후 미리 비치해둔 병에서 아르니카(아르니카 식물에서 채취하는 외상용 약물-역주) 팅크(알코올에 혼합하여 약제로 쓰는 물질-역주)를 꺼내 물에 듬뿍 넣었다. 그러고는 이 '즉석 회복제(대야)'를 세실리에게 가져가 바닥에 내려놓은 뒤 발을 담그도록 했다. 물에 온기가 없는데도 세실리는 거의 알아채지 못하는 눈치였다. 불쌍하게도 어깨를 움츠린 채 대형 소파 가장자리에 걸터앉은 그녀가 속삭였다. "여기가 어디죠?"

찍찍거리는 쥐 소리도 이보다는 힘찰 듯했다. 순간 미간을 찡그리지 않으려고 애쓰며 세실리의 얼굴을 살핀 나는 '라고스틴 박사'의 책상으로 가서 종이에 집 주소를 적은 뒤 세실리에게 건넸다. "여기요."

세실리가 오른손을 뻗어 종이를 잡았다.

맙소사. 대체 어떻게, 언제 왼손잡이의 반항아에서 또 다른 순종적인 자아로 변신한 거지?

"세실리," 내가 나지막한 어조를 유지하며 물었다. "혹시 밧줄을 타고 내려올 때도 오른손을 썼나요?"

순간 그녀의 눈이 어린애처럼 휘둥그레졌다. "네?"

"그러니까 침실 창문 밖으로 기어 나올 때……."

최대한 예의를 차린 세실리가 신뢰하는 몸짓으로 ─ 세상에, 이번에도 오른손을 내밀어 ─ 내 팔을 만지며 질문을 가로막았다. "뭔가 어처구니없는 착오가 있었나 보네요." 그녀가 부드럽게 말했다. "전 한 번도 뛰어내리거나 밧줄을 타본 적이 없답니다."

"기억 안 나요?"

"제 마지막 기억은 잠을 자러 간 건데 대체 여긴 어떻게 온 거죠?"

순간 마음속으론 동물원의 원숭이처럼 횡설수설 끽끽거리면서도 난 어떻게든 목소리를 부드럽게 유지하며 말했다. "그럼 그들이 당신을 방에 가두고 굶겼던 건 기억나나요?"

그 말에 마치 강타당하기라도 한 듯 세실리가 얼굴

을 움찔하더니 이내 속삭였다. "네."

"그래서 지금 우린 당신을 숨겨야 하거든요."

"네."

"이곳이 바로 내가 당신을 데려온 은신처예요. 아, 정말 고된 밤이었네요. 그러니 잘 먹고 잘 자고 나면 다 생각날 거예요."

물론 그건 내 바람이었다! 부디 그녀가 왼손을 사용하게 되는 주요 원리를 비롯해 모든 걸 기억해내길!

"소파에 팔다리를 쭉 펴고 누워봐요." 코바늘로 뜬 두툼한 담요 몇 장을 가져와 그 가녔고 차가운 발에 덮어주면서 내가 달래는 어조로 중얼거렸다. "이제 먹을 걸 좀 가져올게요."

이 빌어먹을 즉흥 구출 작전! 그래도 이 방은 잠겨 있고 열쇠도 내게 있으니 여기선 세실리가 안전할 터였다. 물론 가정부 피츠시몬스 부인이 있었지만 상관 없었다. 그래도 세실리와 뭘 좀 먹으려면, 일단 이 방을 박차고 나가 아침을 가져다 달라고 해야 했다. 그러려면 지금 이 차림으론 어림도 없었다. 난 이 집의 주인이 입기에 마땅한 옷으로 갈아입어야 했다.

옷 걱정에 한숨 지으며 난 옷을 갈아입기 위해 다시 비밀방으로 들어갔다. 그러면서 세실리가 그런 내 모습을 볼 수 있도록 촛불을 켜고 문을 열어두었다. 다시는 끝자락이 질질 끌리는 드레스를 입고 싶지 않았지만, 최근 드레스가 없어 그냥 눈에 띄는 그 드레스를 입었다. 다시는 치렁치렁한 가발을 쓰고 싶지 않았지만, 드레스에 어울리는 모자가 그 가발에 영구히 붙어 있어 가발도 그냥 쓸 수밖에 없었다. 고로 난 이 풍성하고 우아한 비둘기 빛 앙상블 드레스 차림으로 내키지 않는 듯 눈을 굴리며 세실리 앞에 나타났다.

그런 나를 세실리가 마치 고양이 앞의 쥐처럼 올려다보았다. 난 익살스러운 표정을 지어 보였지만 그녀는 미소 짓거나 웃지 않았다. 내가 허리를 구부려 그녀의 귀에 대고 속삭였다. "금방 갔다 올게요."

그 후 나는 비밀문을 통해 바깥으로 나갔다. 그러고는 이 비밀문의 존재를 아무도 모르도록, 특히 내 요리사와 가정부는 더더욱 모르도록 옆집의 장식 정원에 잠시 숨어들어 있다가 그 뒤쪽의 마차 입구로 갔다. 그런 다음 인도에서부터 그 주변을 빙 돌아 염소 가죽 장갑을 낀 손에 정문 열쇠를 든 채 내 건물로 걸어갔다.

그런데 그때, 하얀색의 정교한 목재 줄세공 장식이 달린 벽돌 현관을 올라가기가 무섭게, 그러니까 떡갈나무 재질의 문 앞에 멈춰선 후 막 들어가려고 하기가 무섭게, 웬 실크해트를 쓴 키 큰 남자의 그림자가 내 소유지로 침입해오는 게 보였다.

순간 얼굴을 돌리기도 전에 누군지 감이 왔다.

가발과 꽤 멋진 의상을 착용했음에도, 그 또한 내가 누군지 알고 있었다.

그는 현관 계단 세 개를 한 걸음에 성큼 올라와서는 오빠 같은 미소 따윈 조금도 보이지 않은 채 불길하게 내 쪽으로 다가왔다. "에놀라." 빌어먹을. 셜록 홈즈가 엄청나게 위압적인 어조로 물었다. "대체 레이디 세실리 알리스테어에게 뭔 짓을 한 거니?"

5장

괜히 놀란 척할 필요는 없었다. 정말 놀랐기 때문이다. 고로 난 나오는 대로 지껄였다. 어차피 아침까진 아무도 세실리가 사라진 걸 눈치챌 리 없을 테니까. 하물며 셜록 홈즈는 더더욱 그럴 리 없을 테니까.

"세실리요?" 나는 오빠의 말을 되풀이한 뒤 상당히 놀랐다는 표정을 지으며 다시 물었다. "*세실리에게 무슨 일이라도 생겼나요?*"

"세실리에게 무슨 일이라도 생겼냐고?" 오빠가 대탐정다운 모습이라곤 눈 씻고 찾아봐도 없는 유치한 태도로 날 흉내 내며 말했다. 아니 딱히 오빠가 아닌 그 어떤 어른이 그랬어도 유치해 보였을 터다……. 나는 미소 띤 얼굴을 감추기 위해 등을 돌린 채 열쇠를 꽂아 문을 연 뒤 안으로 들어갔다. 날 따라온 셜록이 볼멘소리를 냈다. "넌 이미 다 알고 있잖니."

"알다뇨? 저야말로 알고 싶어 죽겠는걸요." 나는 벨을 울려 급사 소년을 부른 뒤 '라고스틴 박사의 사무실' 바로 바깥의 두툼한 안락의자에 앉았다. 안쪽의 대형 소파에 편안히 앉아 있는 세실리가 바깥에서 나누는 이야기를 한마디도 놓치지 않게 하려는 의도였다. 그러고는 셜록에게 손짓해 내 옆쪽 의자에 앉도록 했다. 하지만 오빠는 내 무언의 초대 따윈 무시한 채 그저 서성대기만 했다.

뭐 상관없었다. 그런 무시 덕분에 도리어 난 당당히 말할 수 있었다. "그러는 오빠는 레이디 세실리를 어떻게 찾게 된 건데요?" 내가 플루트 소리처럼 명랑한 목소리로 말했다.

"테오도라 부인이 길길이 날뛰며 날 불러들였단다. 그 바람에 새벽 4시에 일어났지!"

맙소사, 아무래도 세실리와 내가 떠난 직후 그녀가 가출한 사실이 발각된 듯했다. 아마도 우리가 천천히 골목을 내려가고 있을 때였으리라! 이러다 전부 탄로라도 나면 어쩌나 하는 마음에 머릿속이 복잡했지만, 겉으론 평온한 얼굴로 아무것도 모르는 양 시치미를 뚝 뗐다. "음, 레이디 테오도라가 왜 길길이 날뛴 건데요?"

셜록이 몹시 당황한 눈으로 날 쳐다보았다. 하지만

때마침 내 호출을 듣고 달려온 급사 소년 조디가 방으로 뛰어 들어왔고, 놀랍게도 그 아이는 잘 훈련된 하인처럼 행동했다. 그렇게 일찍 모인 우리를 보고도 놀라기는커녕 오빠의 모자며 장갑, 지팡이를 테이블 위에 올려놓고 햇살이 들어오도록 창문 커튼을 젖힌 뒤 내 심부름을 위해 대기했던 것이다.

"내 손님과 난 여기서 아침을 먹을 거야, 조디." 내가 급사 소년에게 말했다. "네, 홈즈 아가씨." 조디는 다시금 빠른 걸음으로 방에서 나갔다.

"맙소사, 홈즈 아가씨라고." 그 변함없이 단조로운 말투로 셜록이 비꼬듯 말했다. "여기서 일하던 제이콥슨 부인과 꽤 닮은 모습이구나."

"매우 사랑스러운 여성이었죠. 알아봐줘서 고맙네요."

"그 가발에 딱 어울리는 모자도 썼고 말야."

"물론이죠."

"음, 그럼, 말해보렴," 셜록이 날 노려보며 물었다. "클럽에선 아침을 안 먹은 거니?"

"음식이야 여기가 낫죠." 물론 순 거짓말이었지만 오빠로선 전혀 입증해낼 수 없을 터였다.

"여기 오기 전에 전문 여성 클럽에 들렀단다. 근데 아무도 널 본 사람이 없더구나."

"우린 남자들이 내뱉는 모든 그런 건방진 질문에 그렇게들 답해요. 정말이지 하루도 안 빼놓고 그런 일들이 벌어지거든요. 그런데 거긴 어떻게 들어간 거예요?"

"너야말로 여긴 어떻게 온 거니?" 셜록이 되받아쳤다. "이륜마차 한 대 없던데."

"지하철을 타고 왔죠."

"에놀라!" 그렇게 아연실색하는 모습은 또 처음 보는 듯했다. "지하철을 타고 와?"

"런던에 온 후론 죽 그래왔는걸요. 근데 눈썹은 왜 그렇게 치켜떴대요? 지하철도 그냥 또 하나의 기차일 뿐인데 말이죠." 내가 말했다.

"도시에 넘쳐나는 가장 질 떨어지는 자들이 타는 객차가 달려 있잖니!"

"거리에도 그런 자들은 넘쳐나죠. 그게 뭐 어때서요? 오빠는 아직 제 질문에 답하지 않았어요. 전문 여성 클럽 안에는 못 들어간 거죠, 그렇죠?"

"그래, 문틈 사이로 겨우 발만 밀어 넣었다." 마침내 한숨지으며 내 옆 의자에 앉은 오빠가 미심쩍어하는 표정으로 날 쳐다보고 말했다. "에놀라, 난 네가 어제 세실리를 찾아간 걸 알고 있단다."

"그럼 제가 문전박대당한 것도 아시겠네요."

"기분이 꽤 상했겠군." 팔꿈치를 무릎에 괴고 손가락

을 뾰족탑처럼 세운 오빠가 내 쪽으로 몸을 기울이며 말했다. "요 녀석 아주 거짓말에 도가 텄구나! 넌 지금 세실리의 창문으로 끈 달린 화살을 쏜 뒤 원숭이처럼 그녀를 내려보내려고 밧줄을 올려보낸 자가 너 아닌 *다른 아무개*란 말이 내게 먹힐 거라고 보니?"

아무래도 오빠는 내가 실은 '끈'이 아닌 '뜨개실'을 썼다거나 교회 건물보다 작은 건 잘 못 맞춘단 말을 알아서 실토하도록 유도하려는 수작인 듯했다. 하지만 난 계속 두 얼굴을 유지했다. 그러고는 오빠처럼 의미심장한 표정으로 몸을 앞쪽으로 기울이며 물었다. "근데 이 호들갑은 대체 다 뭐예요? 레이디 세실리가 어디 도망이라도 갔나 보죠?"

"너도 잘 알고 있잖니……."

"당치않은 소리예요! 세실리는 절대 밧줄 따위를 타고 내려올 사람이 아니에요. 전 못 믿겠어요."

"네 여행용 가방 중 하나에 밧줄을 넣어 저택으로 들여왔겠지."

"정말 터무니없는 소리군요. 여송연의 종류도 척척 식별하더니, 이제 여행용 가방의 종류를 식별하는 법도 터득했나 보죠?"

67

분명 오빠는 또다시 맞받아치는 수법으로 대응할 게 뻔했지만, 그때 조디가 삶은 달걀 네 개를 달걀꽂이에 세팅한 훌륭한 아침 식사를 쟁반에 내왔다. 각 달걀 위에는 온기를 유지하기 위한 장식 술이 달린 터키모자 같은 게 씌워져 있었다. 달걀과 함께 나온 메뉴는 얇게 썬 동물 혓바닥과 구운 송어, 그리고 맛있는 버터와 계피 향을 내는 뜨거운 롤빵이었다. 베일리 부인이 이런 완벽한 요리를 만들었다니 정말 의외였다. 소년이 쟁반을 내려놓기도 전에 난 맘껏 먹을 요량으로 커다란 냅킨을 낚아채 가슴에 둘렀다. "오빠도 같이 드실 거죠?" 난 진심으로 오빠를 이 만찬에 초대했다.

"난 됐다." 오빠가 자리에서 일어났다. "그보단 이 건물이나 좀 수색해봐야겠구나."

확신컨대 오빠는 이 대목에서 내가 뜯어말릴 거라고 기대했을 터다. 하지만 난 단지 내 첫 번째 달걀을 입에 넣고 오물거리며 오빠에게 잘 가라는 의미로 손에 쥔 숟가락만 흔들어댔을 뿐이다. 오빠는 인상을 쓴 채 식당이며 부엌, 하인들 방, 그리고 틀림없이 위층의 공동주택을 살펴보기 위해 성큼성큼 걸어갔고, 난 홀로 남아 식사를 이어갔다. 그래도 오빠가 슬쩍 염탐할세라 난 유독 입맛이 당기는 척 자리에 그대로 앉아 있었다. 물론 그 와중에도 세실리가 괜찮은지 보기 위해 내실로 슬그머니 들어가고 싶은 마음은 굴뚝같았다. 난 세실리가 셜록 오빠의 말을 모두 엿듣고는 대야도 치우고 흔적을 말끔히 지운 뒤 비밀방에 숨어 있었으면 했다. 물론 세실리는 아까까지만 해도 동면 쥐처럼 가만히 있었지만…… 그래도 걱정스러운 마음에 가슴이 조여왔다.

내가 두 번째 달걀을 끝내고 막 리넨 냅킨으로 입술을 닦을 무렵, 독수리처럼 꽤 근엄한 얼굴로 성큼성큼 다가온 오빠가 '라고스틴 박사'의 내실 옆쪽에 섰다. "이 문 좀 열어보렴." 오빠가 결연하게 말했다.

"물론이죠." 내가 말했다. 지금으로선 거절해봤자 의혹만 인정하는 꼴이었기 때문이다. 순간 심장이 격하게 요동쳤지만 일말이라도 불안한 기색을 드러낼세라 ─ 자리에서 일어나 급히 서두르지도, 늑장을 부리지도 않은 채 ─ 자물쇠에 열쇠를 꽂아 돌렸다. 그러자 오빠는 즉시 문을 열어젖히고 안으로 들어갔다.

오빠의 뒤쪽을 보니 대번에 알 수 있었다. 다행히도 세실리는 대형 소파에 없었다.

"숙녀에게 양보하던 모습은 다 어디로 간 거죠?" 열쇠를 호주머니에 넣고 오빠를 따라가던 내가 볼멘소리로 말했다.

오빠는 날 거들떠보지도 않은 채 거칠게 커튼을 젖혀 햇살이 들어오도록 했다. 그러고는 마치 거기 있던 가구 중 하나에 세실리가 숨어 있기라도 하듯 책상이며 대형 소파, 안락의자와 그 등받이를 째려보며 서 있었다.

"여기서 양초를 태웠군." 간담이 서늘한 눈빛을 번득이며 오빠가 말했다.

순간 맥박이 엄청 빨라졌지만 바라건대 염려 따윈 전혀 내비치지 않은 채 내가 말했다. "설마요." 힐끗 둘러보니 벽난로 위 선반의 길고 가는 장식용 양초들도 원래처럼 심지는 물론 모두 하얗고 깨끗한 상태였다. "어떤 양초죠?" 그 방엔 다른 양초는 없었다. "대체 무슨 근거로⋯⋯."

"어딘가 양초 태운 *냄새가 난다*. 너한테서도, 에놀라."

"맙소사, 어쩜 그렇게 섣불리 넘겨짚을 수가 있죠?" 이상하게도 대놓고 거짓말을 하고 싶진 않았던 터라 그냥 적당히 넘어갔다.

하지만 셜록은 여전히 굳은 표정으로 물었다. "비밀방은 어디지?"

순간 그때의 충격이란 하물며 사두마차에 치여도 이보다는 덜할 듯싶었다. "비밀방이요?" 문득 오빠 말을 메아리처럼 따라 하는 내 표정에 놀란 기색이 드러날까 두려웠다.

"날 만만히 보지 말거라, 에놀라. 난 바보가 아냐. 이 내실에서 강령회가 열렸다는 걸 내가 잊은 줄 아니? 당연히 비밀방이 있겠지. 당장 보여다오." 마치 내가 장난꾸러기 아이라도 되는 양 오빠가 명령하듯 말했다.

혼란스러운 상황에 충격은 짜증으로 변했다. "음, 감히 위대한 셜록 홈즈를 놀려서야 쓰겠어요?" 난 마치 오빠를 조롱하는 양 여봐란듯이 대형 소파로 가서는 철퍼덕 주저앉아 팔짱을 끼며 말했다. "어디 잘난 오빠가 직접 한번 찾아보시죠."

물론 오빠는 직접 찾아 나섰고, 잠시 후 책장 뒤 벽면을 쾅쾅 두들기다 속이 빈 책장을 찾아냈으며, 이내 그 여는 법을 알아내기 위해 숙련된 손가락으로 책장을 이곳저곳 더듬었다. 난 오빠가 허탕 칠 거라는 실낱같은 희망에 매달린 채 오빠를 등진 채 앉아 있었다. 그럼에도 혹시 찾아내면 어쩌나 하는 마음에 이를 악물고 주먹을 쥔 채 태연한 척하고 있었다.

"아하!" 셜록이 내뱉었다.

난 눈을 감은 채 레이디 세실리에 대해 체념했다. 하지만 동시에, 어쩌면 오빠에게 세실리의 사건을 변호해달라고 둘이서 설득해…… 그리고 세실리의 그 끔찍한 아버지와 소정의 타협을…….

아까도 말했지만 이번에도 그 비밀문은 소리 없이

열렸다. 이윽고 오직 침묵만이 존재하는 순간, 시간이 느려 터지게 흘러가는 순간, 더는 기다릴 수 없을 것 같은 순간, 난 눈을 뜨고 뒤를 돌아보았다…….

헉, 이게 무슨 일이지?

책장은 열려 있고, 비밀방 안엔 촛불을 켠 셜록 오빠가 주변을 둘러보며 서 있었다.

그게 다였다.

그렇담 세실리는 어디 있는 거지?

6장

난 태연해 보이려고 최선을 다했지만 그다지 성공하
진 못한 것 같았다. 변장 용품을 보관하던 그 작은 방
— 사실 방이라기보단 붙박이 옷장 같은 공간 — 에 오
빠를 따라 들어서는 순간, 내 얼굴에 당황하는 기색이
역력했기 때문이다. 이 옷장 외에 레이디 세실리가 숨
을 곳은 없었다. 그러나 이미 옷장은 열려 있었다. 필
시 셜록 오빠가 살펴본 것이리라. 이제 오빠는 스카프
와 숄, 부츠, 스타킹과 장갑, 가발, 붙임머리, 모자는 물
론 — 마치 레이디 세실리가 코르셋 뒤에 숨어 있기라
도 하듯 — *입에 담기 민망한 속옷*으로 가득 찬 내 선
반과 옷장을 살펴보고 있었다.

"이제 만족하나요?" 내가 노골적으로 물었다.

순간 깊은 생각에서 깨어난 듯 화들짝 놀란 오빠가

펄쩍 뛰며 말했다. "오, 미안하구나!" 진심으로 내뱉는 말투였다. 그러고는 잠시 후 좀 더 차분하고 진지한 목소리로 덧붙였다. "에놀라, 이렇게 멋대로 들어온 일에 대해 사과하고 싶구나."

"그만 가주세요."

"그러마." 오빠가 서둘러 화답했다. 난 오빠와 함께 비밀방을 나와 문을 닫은 후 오빠를 사무실 밖으로 안내했다. 그 와중에 조디가 아침 식사 쟁반을 치워놓은 걸 보니 왠지 기분이 착잡했다. 아직 세실리는 배가 고플 터였기 때문이다. 오빠가 모자와 지팡이, 장갑을 꺼내는 동안 난 현관 앞에 서서 기다렸다.

셜록 오빠가 내 얼굴을 살피며 말했다. "다시 한번 사과하마. 하지만 이건 어디까지나 교양 없는 남자처럼 네 비밀방을 어지럽혀놓은 일에 대해서야…… 비록 수색은 부질없이 끝났지만 난 정말로 처음이나 지금이나 네가 레이디 세실리 알리스테어의 실종과 관련이 있다고 확신한다."

순간 오빠에게 속마음을 털어놓고 싶은 심정이 간절히 일었다. 하지만 얼빠진 상태에서 드는 이런 생각은 떨쳐낸 채 무심결에 부분적인 진실을 내뱉었다. "저도 세실리가 매우 걱정돼요."

"그럼 약속하마. 내가 그녀를 찾게 되면 가장 먼저

알려주기로." 셜록 오빠가 정중하게 장갑 낀 손을 내밀며 말했다. 인정컨대 오빠의 이런 정중한 몸짓 덕에 오빠를 속이기는 좀 더 수월했다.

나와 악수를 나누고 나서 오빠는 떠났다.

나는 (내 눈에) 잘생긴 오빠가 이륜마차에 올라타는 모습을 창문에서 지켜보았다.

하지만 이제 오빠가 떠나 날 볼 수 없다는 게 확실해지자, 난 사라진 세실리에 대한 걱정으로 분별을 잃고 조심해야 한다는 사실 따위 까맣게 잊었다. 그리하여 "세실리!"를 불러대며 '라고스틴 박사'의 내실로 부리나케 달려갔다. 이어 내 뒤로 내실 문이 쾅 닫히기가 무섭게 밖으로 통하는 비밀문으로 달려간 나는 혹시 잠옷 차림의 세실리가 상록수 아래서 떨고 있지는 않은지 기대 반 걱정 반으로 문을 열어젖혔다.

하지만 세실리는 거기에 없었다. 아니, 거기에 있었던 흔적조차 보이지 않았다.

집들 사이로 난 좁은 공간도 위아래로 훑어보았다. 하지만 아무것도 없었다. 닭장, 정원 헛간은 물론, 혹시 그녀가 숨어 있을지도 모를 다른 건물들을 살피기 위해 뒤쪽으로 갔다. 하지만 몇 걸음 후 난 멈춰 섰다. *에놀라, 생각을 해야지!* 마음을 차분히 가라앉히는 엄마의 목소리가 기억 저편에서 들려왔다. 그렇지, 본데

75

있는 규수라면 하인들이 보는 마당에 그런 무방비한 상태로 나다니진 않을 터였다.

그러니 분명 세실리 역시 그런 잠옷 차림으론 닭장에 숨어 있지도, 런던 거리를 한가로이 거닐지도 않을 터였다.

나는 좀 더 현명하고 차분한 모습으로 안으로 돌아가 문을 잠근 뒤 도움이 될 만한 단서들을 찾기 시작했다.

그리고 머지않아 그 단서들을 찾아냈다. 비밀방에서 세실리는 약삭빠르게도 자기 잠옷을 어두운색의 바르티츠 망토로 감싼 뒤 그 유명한 셜록 홈즈조차 눈치채지 못하도록 선반 밑에 쑤셔 넣었다. 그날 아침 난 옷을 갈아입으면서 내 낡은 갈색 의상을 바닥에 던져놓았었다. 그런데 그 옷도 더는 거기에 없었다. 혹시 세실리가 옷장에 말끔히 걸어놓았나 하고 옷장 안도 뒤져봤지만 역시나 없었다.

이쯤 되니 세실리의 지금 옷차림에 대한 제법 그럴싸한 결론이 섰다. 아마도 그녀는 참으로 현명하게도 어디서도 눈에 띄지 않을 한물간 초라한 차림을 하고 있을 터였다. 세실리는 내 부츠도 가져갔을 거고, 틀림없이 발을 보호해줄 긴 양말도 신고 갔을 거다. 하지만 남성스러운 내 펠트 모자만큼은 거꾸로 뒤집혀 정수리 부분이 납작해진 채 애초 선반에 던져놓은 그대로 놓여 있었다.

순간 무슨 선 넘은 위반행위라도 목격한 양 얼굴이 찌푸려졌다.

하지만 이내 정신이 맑아지며 그냥 눈감아주기로 했다. 그러고 보니 세실리는 그 너저분한 짧은 머리도 가려야 했기에 분명 래퍼(몸에 휘감아서 입는 가운이나 치마-역주)나 목도리, 숄 같은 것도 빌려 갔을 터였다.

그나저나 그녀는 어디로 간 걸까? 다시 돌아오긴 할까? 정말 내게는 그 어떤 설명이나 작별 메시지도 남기지 않은 걸까?

이런 생각을 하고 있자니, 별안간 적막감이 밀려오며 정신이 혼미해졌다. 곧이어 참담한 마음에 짓눌려 왈칵 눈물이 솟아올랐다.

에놀라, 절대 그렇지 않아.

나는 고개를 설레설레 흔들며 이 기시감 — 왠지 일년 전 엄마가 도망갔을 때의 일이 되풀이되는 듯한 기시감 — 에 불과한 절망감을 떨쳐냈다. 그땐 소녀일 뿐이었고, 그 후 난 성인 여성으로 성장했기 때문이다. 게다가 세실리는 내 엄마가 아니었다. 그녀는 내 친구였고, 난 그녀를 도와야 했다.

생각해봐. 세실리의 입장에서 한번 생각해봐.

난 눈을 깜박여 막 눈에 서린 눈물을 떨궈내며 생각
해봤다. *그래, 난 세실리다. 난 지금 잠옷 차림으로 다
친 발을 대야에 담근 채 누워 있다. 그때 문득 셜록 홈
즈가 날 찾기 위해 건물 안으로 들어오는 소리가 들려
온다. 난 담요를 개고 다른 모든 흔적도 숨겨야 한다.
자, 그럼 뭐부터 해야 할까?*

우선, 대야를 치운다.

세실리가 대야를 어디다 치웠지?

대야를 찾고 보니 대야는 선반 위에 뒤집힌 채 놓여
있었고 아직 젖어선지 주변이 난장판이었다. 순간 난
대야를 와락 움켜쥐었다.

아무래도 세실리의 판단력을 좀 더 믿어줬어야 했
던 모양이다. 분명 그녀는 본연의 지략적인 왼손잡이
로 돌아간 게 틀림없었다. 대야의 물을 양동이에 비운
후 말려놓은 것도 모자라 내게 남기고 간 뭔가를 감추
기 위해 뒤집은 대야로 덮어놓은 걸 보니 그랬다.

나는 떨리는 손으로 그걸 와락 움켜쥐었다. 바로 '라
고스틴 박사'의 책상에 있던 그녀의 친필 쪽지 말이다.

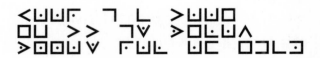

난 그 쪽지에 적힌 암호를 대번에 이해했다. 아니 이해했다고 생각했다. 이 '피그펜(영어 알파벳을 암호화 된 기하학적 무늬로 표현하는 코드-역주)' 암호는 모든 학생이 쓰는 암호 중 가장 간단한 암호인 데다 일전에 세실리와 나도 쓴 일이 있었기 때문이다.

고로 이 암호는 셜록 오빠를 비롯한 거의 모든 사람이 — 아니, 특히 셜록 오빠가 — 나만큼이나 손쉽게 해독할 수 있는 것이었다. 암호를 해독하기 위해 책상으로 가져가는데 문득 그런 면에서 세실리가 조금 부주의했단 생각도 들었다. 하지만 어차피 오빠는 이 암호를 보지 못했기에 난 그저 어깨를 으쓱하며 앉았다. 그러고는 다른 종이에 이 암호의 해독 요령을 대충 휘갈겨 썼다.

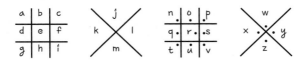

보다시피 암호를 해독하는 비결은 알파벳이 들어간 상자나 용기의 모양을 따라 그리는 것이었다. 고로 세실리가 남긴 메시지의 첫 글자는 L이어야 했다. 다음엔 O, 그다음엔 또 다른 O, 그러고 나선 V여야 했다.

그럼, Loov인가?

순간 달갑지 않은 의심이 마음에 그림자를 드리우기 시작했지만, 난 첫 줄 끝을 해독할 때까지 인내심을 갖고 계속했다.

그럼 첫줄은 Loov g ckooe인가?

아무래도 뭔가 잘못된 듯했다. 이걸 뒤에서부터 거꾸로 읽어보면 eookc g vool이 나왔다. 다음으로 하나 걸러 하나씩 번갈아 읽어보면 logko 또는 ovcoe가 나왔다. 또 이 결과를 뒤에서부터 각각 거꾸로 읽어보면 okgol 또는 eocvo가 나왔다. 정말 하나같이 터무니없는 결과였다.

다음으로 가운뎃줄의 첫 두 글자를 해독해보니 eb였다. 그러나 이 두 글자를 맨 위 줄의 글자와 조합해봤더니 여전히 말이 안 되었다. 그러면 혹시 이 꾸불꾸불한 형태의 세 줄이 특정 단어의 철자들은 아니었을까?

요컨대 이후 수많은 헛된 노력 끝에 내가 내린 결론은, 이 세 줄은 어떤 단어의 철자도 아니었다는 사실이다.

어쩐지 누구나 쉽게 해독할 수 있는 암호더라니!

친애하는 독자를 위해 겉보기에 꽤 단순한 그 암호의 해독을 번번이 실패하던 그 한두 시간 동안 머리가 터질 만큼 몸부림치던 과정은 생략하고자 한다. 점심시간이 되자, 난 세실리의 엄마처럼 길길이 날뛸 만큼 거의 정신이 나가 있었다. 대체 이를 어찌한다? 사실 난 어떻게든 계획이 서는 대로 세실리에게 음식도 갖다주고, 우아하면서도 단순한 옷도 챙겨줄 작정이었다. 또한 세실리를 다시 전문 여성 클럽으로 데려가 그 독재적인 아버지로 인한 문제들에 대해 최선의 해결책을 마련할 때까지 그녀를 무기한 숨겨둘 작정이었다. 알다시피, 법적으론 호소할 방법이 전무했으니까. 그렇지만 도덕적으론 또는 압박을 가하거나 설득을 하면······.

하지만 이제 와 이런 게 다 뭔 소용이랴! 이미 레이디 세실리는 사라졌고, 어디서 찾아야 할지도, 다시 볼 수 있을지도 전혀 모르는 상황 아닌가!

7장

"날이 가장 어두워 보일 때 칠흑 같은 어둠에 대비해야 한다." 오스카 와일드의 명언이었던가? 아마도 당시엔 이런 풍자적인 명언이 유행이었던 듯싶다. 그런데 내 보기에 이 명언은 레이디 세실리가 사라진 그날을 찰떡같이 묘사하고 있다. 당시 그 비밀방에 있던 세실리가 셜록 오빠에게 발견되면 어쩌나 하던 공포가 한발 나아가 — 아니 한발 퇴보한 건가 — 이젠 그 질 떨어지는 자들로 와글대는 불결한 런던을 홀로 헤매면 어쩌나 하는 극단의 공포로 번져갔기 때문이다. 게다가 여기엔 그녀가 다시 오른손잡이로 돌아가 어린애처럼 무력해졌으면 어쩌나 하는 공포도 도사리고 있었다. 이 상황에서 도저히 앉아만 있을 수 없던 난 라고스틴 박사의 사무실을 이리저리 맴돌았다. 그러

는 동안 세실리에게 일어날지 모를 온갖 끔찍한 일들
도 마치 악몽의 회전목마처럼 내 머릿속을 맴돌았다.
전차에 치인 세실리, 멀쩡하던 손이 피범벅이 될 때까
지 작업장에서 뱃밥을 만들고 있는 세실리, 불한당 같
은 남자들에게 괴롭힘을 당하고 있는 세실리, 악취 나
는 골목에서 굶주리고 있는 세실리, 백인 노예 상인에
게 끌려가 타락한 삶으로 전락한 세실리, 소년으로 변
장했다 소매치기로 체포되는 바람에 감옥에 갇힌 세
실리…….

그렇게 거의 정신줄을 놓고 마치 데르비시(극도의 금
욕 생활을 서약하는 이슬람교 집단의 일원으로 예배 때 빙빙
도는 빠른 춤을 추는 춤-역주)처럼 사정없이 빙빙 도는
느낌이 들 무렵, 어떤 걱정이 날 사로잡아서는 그야말
로 거의 멱살을 잡고 튀르키예 카펫의 한가운데 멈춰
세웠다.

이런 걱정은 정확히 일 년 전 도망간 나 때문에 셜
록 오빠가 속앓이를 하며 느꼈던 것과 같은 감정이었
으리라.

그때만 해도 오빠의 이런 걱정은 정말로 터무니없
게 느껴졌다! 하지만 이제 처음으로 오빠가 날 얼마나
염려했었는지 깨달았다. 순간 오빠에 대한 애정이 솟
구치며 벅찬 감정이 밀려왔고 이내 울음이 터져 나왔

83

다. 난 대형 소파에 쓰러져 고급 쿠션 중 하나에 얼굴을 파묻은 채 그렇게 연신 흐느껴 울었다.

몇 시간 후, 난 잠에서 깼다.

여태 이렇게 울면서 잠든 적이 없던 터라 처음엔 아무 감각도 느껴지지 않았다. 특히 눈과 코 주위의 그 딱딱하고 끈적끈적한 느낌은 더더욱 그랬다. 하지만 고급 쿠션에 저질러놓은 눈물로 뒤범벅된 난장판을 보게 된 난, 그야말로 깜짝 놀라 험한 욕지거리를 내뱉으며 서둘러 물을 가져와 쿠션과 얼굴을 닦았다. 그래도 그런 어수선한 겉모습 뒤론 후련한 마음이 들기도 했다. 고로 이젠 정말로 세실리를 찾아야겠단 생각이 들었다. 그렇지 않을 경우 심각한 결과와 맞닥뜨릴 거라는 두려움도 일었지만 그냥 그녀가 돌아올 거라는 막연한 희망으로 손 놓고 있을 수만도 없었기 때문이다. 이미 오찬을 놓친 난 저녁 식사를 하러 전문 여성 클럽으로 돌아가야 했다. 셜록 오빠와 달리 난 배가 부를 때 훨씬 더 머리가 잘 돌아갔기 때문이다.

당연히 알리스테어 가문은 세실리의 실종에 관해 입단속을 시켰고 경찰도 신중했던 터라 이런 가출 사건이 언론에 나오진 않았다. 하지만 자고로 하인이 있는 곳에 비밀이란 없는 법. 유스타스 경에겐 수많은 하인이 있었고, 결국 전문 여성 클럽의 저녁 테이블은 이런 하인들에게 주워들은 소문과 추측을 수다쟁이처럼 떠들어대는 여성들로 시끌벅적했다. 그중 대부분의 소문과 추측은 옮겨지는 과정에서 우스꽝스럽게 부풀려졌다. 이를테면, 레이디 세실리 알리스테어가 남몰래 이뤄질 수 없는 사랑을 하다 연인과 함께 도망쳤다는 둥, 침대 시트를 엮어 창문을 통해 밑으로 내려가 자신을 기다리는 그의 품에 안겼다는 둥의 이야기가 그랬다. 또는, 정반대로 머리를 박박 밀고 수녀원에 들어갔다는 둥, 실연으로 멍든 삶을 끝내기 위해 머리를 깎은 채 절박한 심정으로 지붕에서 뛰어내렸지만 때마침 슬픔의 상징인 버드나무로 떨어지는 바람에 다치지 않았다는 둥, 또 사다리나 참 터무니없게도 활과 화살, 밧줄을 지닌 공범의 도움을 받아 반항적으로 부모의 속박으로부터 탈출했다는 등의 이야기가 그랬다.

나는 전문 여성 클럽의 회원 중 가장 신입이라 식사할 땐 거의 말을 하지 않았다. 하지만 이번엔 그냥 넘어갈 수 없었다. "당치 않은 이야기네요." 내가 말했다. "활과 화살로 그런 일을 해낼 수 있는 자가 과연 있을까요?"

누군가는 고개를 끄덕였고, 누군가는 한바탕 떠들썩하게 웃어댔으며, 누군가는 이렇게 말했다. "과녁을 맞히는 것만도 참 어려운 일이죠."

"유스타스 경이 젊었을 때도 실력이 형편없었죠," 비
엔나 레이디 스테드웰이 말했다. "한번은 제대로 과녁
을 빗나간 화살이 누나들 중 한 명의 엉덩이를 맞추기
도 했죠. 정말이랍니다." 믿기지 않는 이야기였지만 그
녀는 확신에 차서 말했다. "그 바람에 화살을 빼내기
위해 외과 의사도 불러야 했고, 소문이 날세라 모두에
게 입단속도 시켜야 했죠."

"암요." 그녀의 친구 중 한 명이 거들었다. "유스타스
경이라면 얼마든지 그럴 만하죠."

"그자는 무능과 자기 과신에 찬 사내의 전형이죠."
또 다른 여성이 말했다. 웃음소리가 이어졌지만 그 와
중에 유스타스 경의 아내인 레이디 테오도라에 대한
동정 여론도 흘러나왔다.

그 후 저녁 테이블의 대화 주제는 여성의 권리와 그
걸 쟁취하기 위한 최선의 방법으로 급선회했다. 나는
더 이상 말하지 않고 듣기만 했다. 서글프게도 내 머
릿속은 온통 레이디 테오도라와 세실리가 처한 안타
까운 사정으로 가득 차 있었기 때문이다. 유스타스 경
같은 천박한 자의 손에 이토록 두 사람의 삶이 휘둘려
야 하다니 참으로 참담하기 이를 데 없었다. 최근까지
도 레이디 테오도라는 세실리를 여왕에게 선보일 야

심 찬 계획과 열망에 부풀어 있었다. 하지만, 진심으로 바라건대, 난 이제 그녀가 그런 계획보단 딸을 데리고 오스트리아로 가서 정신과 의사를 만난 뒤 세실리가 자신의 이중인격 문제를 진솔히 받아들이도록 도와주었으면 싶었다. 사실 세실리는 예전에 내가 그녀의 일기장에서 그 사실을 추론해낼 때까지도 자신의 상태를 인지하지 못했다. 그러니까 거울에 비친 모습처럼 오른쪽에서 왼쪽으로 기묘하게 써 내려간 그 일기장 말이다…….

음, 거울에 비친 모습이라!

물론 아직 디저트는 나오지 않았지만, 순간 난 테이블에서 벌떡 일어나 냅킨을 패대기친 뒤 "이런 눈뜬장님 같으니라고!" 하고 외치며 내 방으로 부리나케 달려갔다.

사실 난 라고스틴 박사의 사무실에서 전문 여성 클럽의 숙소로 돌아올 때 펑퍼짐한 회색 차림이라 하는 수 없이 뒷계단으로 살금살금 기어 올라가 한창 유행 중인 옷으로 갈아입었었다. 한물간 옷차림으로 회원들의 눈에 띄는 건 금물이었기 때문이다. 하지만 이제 다시금 침실로 쿵쾅거리며 들어간 난 가스등을 켜고 침대 위에 던져뒀던 그 끔찍한 회색 옷을 다시 집어 들었다. 그러고는 행여나 내 예감이 틀리면 어쩌나 하는 걱정에 씩씩거리며 주머니를 뒤집어 그 안에 미리 넣어뒀던 세실리의 쪽지를 찾아냈다.

난 그 귀중한 쪽지와 화장대에서 가져온 손거울을 들고 필기용 테이블에 앉았다. 그러고는 그 쪽지에 손거울을 가져다 댄 후 거울에 비친 모습을 보아가며 풀스캡판(약 33×40센티미터 크기의 대형 인쇄용지-역주)에 세실리의 암호를 베껴나갔다. 결과는 아래와 같았다.

다음으론 다시금 이 암호의 해독 요령을 아래와 같이 대충 휘갈겨 썼다.

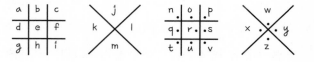

이제 난 성공에 대한 흥분과 실패에 대한 두려움 속에서 암호 해독을 시작해나갔다.

E……O……O?

다시 한번 절망감이 스멀스멀 올라왔지만 인내심을 갖고 계속 써 내려갔다. EOOL A I TOOK

그렇지, 바로 이거야! EOOLA는 에놀라를 쓰려던 게 틀림없었다! 서두른 나머지 철자가 좀 틀리긴 했지만, ENOLA I TOOK는 이치에 맞는 말이었고 뒤이어 나온 말들도 그러기는 마찬가지였다. 그녀가 적은 글은 MONEY WILL BE SAFE DO NOT WORRY였다.

곧, 자신이 돈을 가져갔고 또 자기는 안전할 터이니 걱정 말라는 뜻이었다.

나는 의자에 기대어 심호흡을 몇 번 한 뒤 세실리의 말마따나 걱정하지 않으려고 애썼다. 하지만 도무지 걱정이 수그러들지 않는 걸 어찌한단 말인가? 우선, 아무리 내 비밀방에 있던 옷 주머니를 뒤졌다 한들 고작 몇 실링이나 몇 페니밖에는 못 모았을 터다. 게다가 ― 문득 날 공격했던 그 극악무도한 살인자, 곧 날 죽이려 했던 강도도 불쑥 떠올랐다 ― 런던은 절대 안전한 곳이 아니었다. 어디 그뿐인가. 엎친 데 덮친 격으로, 만약 세실리가 용기 있고 지략 있는 왼손잡이 숙녀의 존재는 까맣게 잊은 채 부모님에게 자라온 그대로 고분고분하고 소심한 오른손잡이로 변해버렸다면 이를 또 어찌한단 말인가? 그렇게 되면 세실리에겐 또 무슨 일이 벌어질 것인가?

난 세실리가 지닌 위험성의 본질과 정도를 이해하는 유일한 사람이었다. 고로 난 그녀를 찾아야 했다. 그냥 그래야 했다.

하지만 어떻게?

8장

다음 날 아침까지도 내 계획은 전무했다. 이럴 때 셜록 오빠라면 얇게 썬 연초로 가득 채운 파이프 담배를 세 번 연거푸 피워대며 자신이 내뿜은 숨 막히는 자욱한 담배 연기를 응시했을 터였다. 문득 오빠를 생각하니 못마땅한 마음이 들기도 했지만 난 오빠의 그 뛰어난 추론 능력을 내 안에 탑재한 채 도망치듯 방을 빠져나왔다. 더는 잠시도 방 안에 있을 수 없었기 때문이다. 아, 그런데 어느 쪽으로 가지? 말 그대로, 위층, 아래층, 왼쪽, 오른쪽 중 어디로 간담? 아직 바깥에 나갈 채비는 못 한 터라 난 전문 여성 클럽을 여기저기 어슬렁거렸다. 하지만 우연히 집필실에 들어가면서 영문 모를 유쾌한 충동에 휩싸여 바로 자리에 앉아 종이와 연필로 스케치하기 시작했다.

난 불안할 때면 — 전에도 그랬듯 — 파이프 담배가 아닌 캐리커처에 꽂히는데 이따금 그리는 과정에서 괜찮은 결과가 도출되곤 한다. 우선 난 유스타스 경이 지팡이를 흔들어대며 고함치는 모습을 그렸다. 이어서 레몬이라도 씹은 듯 그의 살찐 얼굴이 잔뜩 찌푸려진 모습을 그렸다. 다음엔 마치 나폴레옹처럼 굽 높은 구두를 신고 손을 셔츠 앞에 넣은 모습을 그렸다. 특히 그 그림엔 호화로운 차림에 비극적일 만치 아름다운 레이디 테오도라도 그려 넣었는데, 못생기고 땅딸한 그와 극적인 대비를 이루도록 유스타스 경 옆에 우뚝 선 그녀의 모습을 흐릿하게 표현했다.

또 다른 종이엔 좀 더 정성스럽게 세실리의 사랑스러운 머리도 그렸는데, 거기선 그녀의 머리카락이 예전처럼 빛이 났다. 그리고 세실리가 밀짚모자를 쓰고 합리복(여성이 자전거를 탈 때 입는 헐렁한 반바지-역주)을 입은 채 자전거를 타는 모습도 그렸다. 또 그녀가 멋진 드레스와 모자를 착용한 채 웃고 있는 전신 모습도 그렸다. 그다음엔 세실리의 전신상을 다시 한번 그렸는데 이번엔 숄로 몸을 감싼 채 웅크리고 있는 모습이었다…….

"맙소사, 정말 잘 그렸네요!" 순간 내 오른쪽 어깨 너머로 들리는 목소리에 깜짝 놀랐다. 그나마 소스라치게 놀라지 않은 건 더는 누구에게도 나 자신을 숨길 필요가 없었기 때문이다. 난 내 그림을 보며 환하게 웃고 있는 레이디 비엔나를 쳐다보았다. "유스타스 알리스테어 경이군요, 장난꾸러기 아가씨, 마치 핀으로 고정해둔 곤충 표본처럼 딱 그 그림에 담아뒀군요!"그러고 보니 이처럼 유쾌하게 장난꾸러기라 불린 것도 처음인 듯했다. 꽤 흥겨운 목소리로 그녀가 말을 이었다. "그 옆에 선 사람은 유스타스 경의 아내인가 보죠?"

"네, 레이디 테오도라요. 아무리 노력해도 부인의 미모는 다 담을 수 없더군요."

"그렇담 그녀는 진짜 미인인가 보군요. 그럼 이 사람들은?"

"레이디 세실리예요."

"그 실종되었다는 딸?"

"네."

"숄을 두른 이 여성도요?"

"네, 실은 지금 제 머릿속이 그녀에 대한 불길한 예감으로 꽉 찬 상태라서요."

내게서 이런 말이 무심코 튀어나오는 법은 없었다. 아마도 이미 내 마음속에 레이디 비엔나에 대한 존중이 꽤 깊이 싹텄나 보다. 상냥하고 기민하면서도 신중

93

한 배려가 돋보이는 그런 여성을 만나기가 어디 쉬운 일인가.

"어디서 차 한잔하며 그 일에 관해 조용히 얘기 나눠 볼까요?" 그녀가 물었다.

"네, 은밀히 둘이서만요." 나는 호소했다.

"물론이죠. 이래 봬도 입 무겁기론 소문난 사람이거든요."

"네, 꼭 비밀로 해주세요." 난 스케치한 종이를 챙긴 뒤 그녀와 동행하기 위해 일어섰다. 사실 난 차의 효능에 관한 과학적 근거에 대해선 아는 바가 없다. 하지만 은은한 햇살이 내리쬐는 오전용 거실의 한적한 구석에서 어느새 난 레이디 비엔나의 자애로운 분위기에 젖어 정말로 차를 홀짝이고 있었다.

내가 불쑥 말했다. "레이디 세실리는 왼손잡이로 태어났고, 그게 모든 역경의 화근이었어요."

레이디 비엔나가 영문 모를 표정을 지으며 눈썹을 치켜올렸다.

내가 물었다. "만약 당신이 왼손잡이로 태어났다면 어떻게 하시겠어요?"

"실은, 저도, 왼손잡이였답니다," 그녀가 부드럽게 말했다. "이 사회의 무소불위의 권력이 제 왼손을 악마의 표식으로 선언하고 제 뒤로 꽁꽁 묶어둔 뒤 절대로 쓰지 못하도록 엄정히 단속했죠." 놀란 내 모습에 그녀가 미소를 지었다. "내가 얼마나 철저한 반항아로 살았는지 짐작이 가나요, 에놀라 양?"

"하지만 지금은 오른손잡이시잖아요!"

"그건 내 왼손이 굴복당하고 패배당해서죠. 하지만 그 길고 서글픈 투쟁 끝에 난 어느새 냉정하고 완고한 사람으로 변했고, 결국 이 잔인한 세상을 바꾸기로 마음먹었죠. 혹시 레이디 세실리에게도 비슷한 일이 일어나고 있는 걸까요?"

나는 미소를 지으며 말했다. "아직 세실리의 왼손은 굴복당하거나 패배당하지 않았어요. 이 말은 결국 세실리도 당신처럼 될 수 있다는 얘기죠. 하지만 곤란한 문제가 좀 있어요." 난 최선을 다해 지금 세실리의 자아가 맞닥뜨리고 있는 불안정한 타협에 관해 설명했다. 그러고는 "세실리의 장점은 어느새 약점이 되었죠."라고 결론지었다. "그러니까 왼손잡이인 세실리는 꽤 자신 있고 진취적으로 보여요. 하지만 귀엽고 고분고분한 오른손잡이 딸이 되라는 끊임없는 압박이 그녀를 두 개의 인격으로 갈라놓았죠. 때때로 세실리는 자신이 어디에 있었고, 무엇을 했는지도 잘 기억하지 못해요. 아무래도 이중인격이 분명한 듯해요."

어느 모로 보나 고심하는 눈치로 내 말을 경청하던

레이디 비엔나는 내가 이 모든 걸 어찌 알았는지 궁금했을 터지만 이렇게 물을 뿐이었다. "지킬 박사와 하이드 씨처럼 말이죠?"

"하이드 씨가 강하고 지킬 박사가 약한 면에선 맞는 말이네요. 지금 연약한 여성이 런던 거리에서 위험에 처해 있으니까요. 얼른 그녀를 찾아야 해요."

"네, 그러니까 당신은 지금 잃어버린 사람을 찾는 퍼디토리안이 되려는 거군요." 레이디 비엔나가 마치 찻잎 점이라도 보듯 잎만 남은 찻잔을 뚫어져라 바라보며 곰곰이 생각에 잠겼다. 그러고는 점쟁이 같은 눈으로 날 쳐다보며 말했다. "하지만 어떻게 찾을 건데요?"

나는 마지못해 속마음을 드러냈다. "잘 모르겠어요."

하지만 레이디 비엔나는 곧장 또 다른 생각을 떠올리며 말했다. "만약 찾는다고 해도, 그 아가씨는 어찌 될까요? 어차피 그 아가씨는 법적 아버지인 유스타스 경의 냉담한 품으로 돌아가야 해요. 그렇게 스물한 살이 될 때까진 자유를 얻을 수 없죠."

이제 세실리는 열일곱 살이었다. 맙소사, 앞으로 4년이나 더 그렇게 살아야 하다니!

"혹시 알아요? 이미 수많은 경찰이 그녀를 찾고 있을지?" 레이디 비엔나가 덧붙였다.

그건 셜록 홈즈도 마찬가지였다. 하지만 난 오빠에

대해선 언급하지 않았다. 아직 그녀에게 엄마의 죽음
에 대해서도 언급하지 않은 마당에 괜히 '홈즈'라는 성
을 가진 그 누구도 떠올리게 하고 싶진 않았기 때문이
다. 그 대신 난 자리에서 일어나 그녀가 베풀어준 차
와 공감에 대해 감사를 표한 뒤 바깥으로 나갔다. 이
보다 더 바보 같고 혼란스러운 느낌이 든 적도 없었지
만, 왠지 걷다 보면 생각이 정리될 것 같아서였다.

일단 그 한물간 회색 드레스는 원래 장소인 라고스틴
박사의 비밀방 안쪽 늘 두던 자리에 갖다 놓기로 했다.
고로 난 지하철에서 내린 뒤 라고스틴 박사의 사무실,
곧 내 소유의 건물까지 걸어갔다. 잠시 후 자유분방
한 보헤미안 동네에 우뚝 선, 조지 왕조 시대(영국 조지
1~4세 치세 때인 1714~1830년-역주) 건축 양식인 그 웅
장한 정사각형의 벽돌집이 눈앞에 나타났다. 이 동네
로 말할 것 같으면 여름철이면 고상한 영국 장미 대신
에 탐미주의 상징인 반가운 해바라기가 눈길을 사로
잡곤 했다. 알다시피 해바라기는 노란색이었다. 그러
니까 주로 올리브색, 황갈색, 담황색으로 자신들의 옷
이며 집을 꾸미던 보수적인 영혼들의 감성을 꽁꽁 얼
려버릴 만한 그런 특이한 색조 말이다.

　또 하나 특이한 건 이 동네에서 산책을 하다 보면

적잖은 사람들이 그림에나 나올 법한 차림으로 돌아다닌다는 사실이다. 가령, 이곳에선 선명한 노란색 또는 선명한 인도 사라사 재질의 드레스를 입은 젊은 여성들이 눈에 띈다. 그러니까 무작정 유명 인사들의 옷을 본뜬 게 아닌, 몸에 조이지도 않고 통풍도 잘 되는 재질의 드레스를 입은 여성들 말이다. 또한 오스카 와일드를 본뜬 듯, 벨벳 반바지에 하얀 스타킹과 에나멜 가죽 펌프스(1500년대부터 신어온 슬립온형의 남성용 '퐁프'에서 유래된 구두로 궁정에서 신는 구두라 하여 코트 슈즈라고도 함-역주)를 착용한 긴 머리의 젊은 남성들도 눈에 띈다. 10월치곤 유난히 화창하고 따사로운 이날, 동네는 수많은 인파로 북적였다. 다리를 절뚝일 만큼 무릎 부위의 폭이 좁은 '벨' 스커트(마치 종 모양처럼 홀쭉한 허리에서 다트나 심, 페티코트로 부풀게 한 뒤 다시 무릎 아래 끝단 쪽으로 얼마간 펼쳐지게 한 스커트-역주)를 입은 한 여성은 가슴 쪽의 큼지막한 나비 리본이 거의 땅바닥에 질질 끌리는 모습으로 온갖 점잔을 빼며 종종걸음을 치고 있었다. 마치 케이트 그리너웨이의 그림책 삽화처럼 차려입은 아이들과 그 아이들을 인도하는 꽃무늬 드레스 차림의 유모도 보였다. 또 샛노란 꽃다발을 바구니에 담아놓고 파는 소녀들도 보였다. (인습에 매이지도 체면을 따지지도 않는 이 동네 거리에선 거지나 춤추는 곰까진 아니어도 행상인 정도는 용인되었다.) 그런가 하면 자신의 양어깨에 멘 장대에 애완용 개 및 고양이용의 악취 나는 고깃덩이를 매달고 다니는 남자도 눈에 띄었다. 또 회전 숫돌을 굴려가며 가윗날을 가는 남자와 제 담당구역에서 우유 배달을 하는 배달원도 보였다. 또한 한 팔로 각종 도구와 우산을 껴안은 채 비틀거리며 이 집 저 집을 돌고 있는 큰 키에 구부정한 노인도 눈에 들어왔다. 그 노인은 '우산 수선쟁이'로 비록 보잘것없어 보이긴 해도 하는 일은 많았다. 노련한 이들 '수선쟁이들'은 쓰다 남은 각종 쪼가리로 거의 못 만드는 게 없는 만능 장인들이었다. 그 노인만 해도 찌그러진 우산을 수리할 수 있었을 뿐 아니라, 오래된 우산 폐품들을 이용해 '버섯 모양의 모자'를 만들 수 있었다.

내가 미소 띤 얼굴로 거리의 대부분 사람과 인사를 나누며 '라고스틴 박사'의 건물 입구로 들어가는 동안에도, 그 우산 수선쟁이는 날 등진 가운데 눈코 뜰 새 없이 바삐 움직이고 있었다.

"홈즈 아가씨!" 조디가 있는 그대로 놀라움을 드러내며 날 맞았다. "와, 이틀 연속으로 오셨네요!"

"잠깐만, 조디. 보고는 피츠시몬스 부인에게 하도록 해." 이제 이 건물은 주로 하숙집으로 쓰이던 터라 조디는 가정부와 요리사, 하숙인의 심부름 같은 비교적 손쉬운 일을 맡았다. 그 성가신 소년이 사라지자, 난 안쪽 내실의 문에 열쇠를 꽂아 돌렸다…….

그런데 그 순간 난 그 회색 드레스를 비밀방에 돌려놓겠단 일 따윈 까맣게 잊고 말았다. 대형 소파 위에 주름 하나 없는 빳빳한 하얀색 종이가 떡하니 놓여 있었기 때문이다. 틀림없이 그 종이엔 내게 남긴 메시지가 적혀 있을 터였다. 난 쥐고 있던 소지품을 튀르키예 카펫 위에 던져놓은 후 얼른 달려가 그 종이를 살펴보았다.

그래, 세실리야, 세실리! 세실리가 남긴 거라고! 그녀는 비밀문이 어디 있는지도 알고 있었고, 내가 이 집의 나무 장식 한가운데 특정 소용돌이 문양을 눌러 빗장을 푸는 모습도 본 터였다. 그렇다. 그녀는 본 그대로 다시 이곳으로 들어와 메시지를 남긴 후 떠났다!

순간 마음 한편으론 흥분의 탄성이 나오면서도 또 한편으론 속단하지 *마.* 하는 경계심이 발동했다. 고로 난 과도하리만치 문명인다운 이성을 발휘해 우선 전통적인 방식으로 메시지의 암호를 해독해나갔다.

MOOR ETCH IGWCUOG

"그렇지!" 나도 모르게 내 안의 좀 더 충동적인 자아가 자축을 외쳤다. "거울에 비친 이미지일 줄 알았어." 내가 이 사무실에서 쓸 수 있는 거울은, 비밀방에 있는 손거울을 제외하고, 각 책장 사이로 보이는 벽마다 걸어둔 큼지막한 거울들뿐이었다. 그러니까 가스등 뒤쪽으로 반사된 불빛이 더 환해 보이도록 걸어둔 그 거울들 말이다. 그런데 그 거울들을 쓰려면 내겐 세 개의 손이 필요했다. 하나는 세실리의 쪽지를 들고 거울에 비출 손, 또 하나는 거울에 비친 암호를 받아 적을 빈 쪽지를 쥘 손, 또 다른 하나는 연필을 쥘 손이었다. 처음엔 어떻게든 그럭저럭 적어나갔다. 하지만, 거울에 비친 반대 이미지를 하나하나 적어갈수록 짜증이 밀려왔고, 다시 책상에 앉아 그걸 해독하기 시작할 땐 더 심한 짜증이 밀려왔다.

IOUA

대체 이게 뭐람? 이렇게 해도 말이 안 되잖아!

인내심을 가져, 에놀라.

IOUAWIG

혹시 가발?

오, 그래, 가발이었어! 난 벌떡 일어나 사무실을 가로질러 비밀방으로 들어간 뒤 촛불을 켜고 주위를 둘러보았다. 그렇다, 정말로, 내 최상의 가발 중 하나가 없어진 상태였다. 가발이 없어진들 내가 불편할 건 전혀 없었다. 전문 여성 클럽엔 내 억센 긴 머리도 위로 틀어 올리도록 도와줄 하녀가 있어 더는 머리카락과 부질없는 씨름을 벌일 일이 없었기 때문이다. 그나저나 삭발한 머리를 숄이 아닌 가발로 가릴 생각을 하다니 정말 세실리는 똑똑한 처자였다! 이왕이면 제 몸에 맞는 옷도 몇 벌 더 마련했으면 좋으련만.

다시 IOUAWIG("가발 좀 빌려갈게요." 이 얼마나 간단한 말이었나!)로 돌아와, 난 계속해서 아래와 같이 세실리의 암호를 해독해나갔다.

거처할 곳이 생겼고 일자리를 구해야 해요. 정말 고마워요(HAVE ROOM MUST GET JOB MANY THANKS).

천만에, 세실리!

'라고스틴 박사'의 값비싼 가죽 의자에 몸을 기댄 난 마치 그녀의 엄마라도 된 듯 세실리가 대견스럽게 느껴졌다. 분명 세실리도 나처럼 가명도 쓸 터였고, 젊은 직장인 행세도 할 터였다. 그리고 자립도……

나처럼? 터무니없는 소리! 나도 이제 인정해야 할 듯싶었다. 세실리는 내 쌍둥이 자매도 아니고, 당연히 내 뜻대로 움직이지도 않으리란 사실을 말이다! 언제든 예상치 못한 상황이 오면 그녀는 오른손잡이가 되어 재치도 쓸모도 없는 그저 장식에 불과한 사람으로 변할 수 있었다.

그렇게 된다면 또 무슨 일이 벌어질까?

순간 바람에 뒤집혀 휩쓸려간 우산처럼 그녀를 대견스러워하던 내 마음도 툭 하고 부러져 어디론가 휩쓸려가는 듯했다. 만일 세실리가 이중인격이란 걸 내가 아닌 다른 사람이 아는 날엔 바로 정신병원으로 실려 가는 큰 위험에 처할 수도 있다! 그렇게 된다면 도망가다 잡혀 폭군 아버지인 유스타스 경에게 돌아가는 것보다 더 험난한 곤경에 처할 수 있다!

9장

이런 경악스러운 생각은 내 머릿속을 떠나지 않았다. 그러니까 내 회색 옷을 다시 옷걸이에 걸고, 책장을 끌어당겨 비밀방을 잘 감추고, 모든 물건을 말끔히 정리한 뒤 해바라기 문양이 수놓아진 내 황록색 메리노 드레스의 가슴 부위에 세실리의 새 메시지를 넣은 다음 사무실을 나설 때까지도 계속 그러했다.

전문 여성 클럽의 숙소로 가기 위해 내 모자와 장갑, 망토, 파라솔을 챙겨오도록 벨을 눌러 조디를 불렀지만 소년은 나타나지 않았다. 그렇게 몇 분을 기다린 후 인상 쓴 얼굴로 집 현관문을 나선 난 조디를 찾기 위해 주위를 둘러보았다.

10월의 하루는 유난히도 따사롭고 화창했다. 보아하니 내가 아까 들어올 때 집집마다 돌며 내 쪽으로 오던 우산 수선쟁이는 이제 바로 내 뒤쪽 집에서 일감을 구한 듯했다. 포장도로에 작은 접이식 의자를 내놓고 일할 채비에 나선 걸 보니 그랬다. 칼갈이와 의자 수선쟁이 등 유사 업종의 상인들처럼, 그도 사람들의 관심을 끌고 일감을 얻기 위해 바깥에서 일했다.

그런 장인들은 거의 반 쇼맨이 다 됐는데 이를 알고 일부 호기심 많은 사람들은 어슬렁거리며 구경에 나섰다.

짜증나게도, 그 자리엔 내 만능 소년도 있었다.

"조디!" 내가 고압적인 목소리로 부르자 그 개구쟁이 녀석이 본래 자기가 속한 집으로 득달같이 달려왔다. 바로 그때 우산 수선쟁이가 날카로운 회색빛 눈으로 날 쳐다봤다.

"네, 홈즈 아가씨?" 일터에서 거드름을 피웠으니 꾸중을 들어 마땅하단 걸 알기라도 하듯 조디가 양처럼 온순하게 물었다.

하지만 조디는 위기를 모면했다. 그때 불현듯 조디에게 물어볼 게 떠올랐기 때문이었다. "조디, 혹시 그 우산 수선쟁이가 우리 집 문도 두드렸어?"

"아뇨, 아가씨."

나도 들은 게 없으니 이는 맞는 말이었다. 사무실에 있을 때 누군가 노크를 했다면 나도 들었을 것이다.

그 말인즉슨, 우산 수선을 맡길 법한 하숙생이 제법 많을 텐데 그야말로 돈깨나 벌게 해줄 내 집을 그가 그냥 지나쳤다는 소리다. 왜 수선쟁이는 이 집을 건너 뛴 걸까?

문득 얼토당토않은 생각이 떠올랐지만 난 애써 그 생각을 떨쳐버렸다. 그 생각대로 했다간 괜히 남 앞에서 창피한 꼴이나 보여 놀림감이 될 수도 있었기 때문이다. 그냥 그건 예의에 안 맞는 행동이었다…….

빌어먹을, 에놀라. 너 지금 할까 말까 망설이고 있니?

그래, 맞는다. 어찌할지 망설이는 중이었다. 사람들 앞이라 일단은 내 격에 맞게 턱을 치켜들고 척추를 꼿꼿이 세운 채 걷는 게 마땅하다만…….

잠깐만. 그래도 한번 히죽히죽 웃는 낯으로 마치 파라솔을 손에 쥔 듯 빙글빙글 돌리는 시늉을 하며 그 수선쟁이가 벌여놓은 판으로 어슬렁어슬렁 걸어가보면 어떨까? 그럼 혹시 훨씬 재미나지 않을까?

고로 난 그 대담한 충동이 가시기 전에 얼른 행동에 옮겼다. 그렇게 난 조금도 망설임 없이 대담한 여성의 자태로 걸어가서는 그가 우산의 부러진 낡은 살을 새것으로 교체하는 모습을 지켜봤다. 그 작업은 용수철이 달려 있는 금속 우산살들을 제자리에 밀어 넣기 위해 상당한 힘을 요하는 일이었다. 그때 우산살들과 씨름하던 회색 수염의 남자가 날 올려다보지도 않은 채 잔뜩 화난 코크니 억양으로 말했다. "구경났어요?"

그러자 구경꾼들은 뒷걸음질 치며 저마다 정처 없이 자리를 떠났다. 하지만 난 있던 자리에 머무른 채 그와 팔만 뻗어도 닿을 만한 가까운 거리를 유지했다. 우산살들은 그의 손길에 도통 고분고분해지진 않는 모양새였다. 하지만 그 모습을 보니 굳이 변명하지 않아도 그가 왜 그리 무례하게 굴었는지 알만했다. 그래도 마음 한편에선 우산 수선쟁이치곤 솜씨가 좀 부족한 게 아닌가 싶기도 했다. 그런데 문득 궁금해졌다. 방해만 되는 저 긴 회색 수염과 머리카락은 왜 자르지 않은 걸까? 덕망 있는 머리에 씌운 저 모자, 그러니까 마치 돼지고기 파이처럼 높이가 낮고 챙이 말려 올라간 중절모는 그렇게 일이 고된 상황에서도 왜 떨어지지도 않고 한결같은 모양새를 유지하고 있는 걸까?

난 그가 그 골칫거리 우산살 여덟 개 중 마지막 우산살을 다 수선할 때까지 기다렸다가 입을 열었다.

"음, 평생 그리 살았다면 굳은살이 생겼을 법도 한데요. 지금 그 손은 눈에 띄게 붉고 물집까지 잡혔네요. 게다가 손끝에선 피도 나는 것 같고요, 셜록 오빠."

들어와 간식 좀 들라고 권할 때까지도 오빠는 그 특유의 다정한 얼굴로 소리 없이 웃고 있었다. 결국 오빠는 승낙했고 이제 제법 익숙해진 내 집에 들어서자 가발(내 생각대로 오빠의 그 돼지고기 파이 모양의 중절모자에 붙어 있던 가발)과 턱수염을 벗어 마치 그 변장 용품이 평소 착용하던 자신의 실크해트와 지팡이, 장갑이라도 되듯 조디에게 건넸다.

깜짝 놀란 소년에게 내가 말했다. "레모네이드와 바닐라 웨이퍼(흔히 아이스크림과 함께 먹는 얇고 바삭하게 구운 과자-역주)든 뭐든 베일리 부인이 만들 수 있는 요리로 가져다줘, 조디." 셜록 오빠와 내가 마주 본 채 안락의자에 앉을 무렵, 조디가 말없이 사라졌다.

내가 조심스럽게 입을 열었다. "저의 동태를 감시하는 방식으로 세실리를 찾고 싶었나 보죠?"

"그럴싸한 말이구나." 진정한 스포츠맨이었던 오빠는 패배 가운데서도 우아함을 잃지 않았다. 역시 오빠의 상황 대처 능력은 출중했다.

그나저나 실은 참으로 예상치 못한 상황이었다. 아무리 사소한 경우라도 나의 만만찮은 오빠가 불리한 입장에 처한 이 상황! 순간 난 세실리를 위해 이 기회를 최대한 이용하기로 마음먹었다.

나는 얼굴이 빨개지거나, 히죽히죽 웃거나, 안절부

절못하는 아가씨 특유의 모습은 되도록 드러내지 않은 채 오빠 쪽으로 몸을 기울이며 눈을 마주쳤다. "셜록 오빠, 몇 가지 궁금한 게 있는데요. 질문에 솔직하게 답해준다면 저도 솔직하게 답해드릴게요."

순간 오빠가 눈썹을 치켜올렸다. "남자 대 남자로 말하고 싶다는 거니?"

"말하자면요."

"분부대로 하마." 오빠는 웃지도 않고 눈살을 찌푸리지도 않은 채 의자에 등을 기댄 뒤 손끝을 모으고 눈을 감았다. 오빠의 몸짓이 좀 이상하긴 했지만 그러려니 했다. 왓슨 박사에 따르면, 이건 그저 오빠가 사건에 완전히 몰두할 때 나오는 행동이었기 때문이다.

"작년에 마이크로프트 오빠가 절 기숙학교에 보내려고 했을 때요," 내가 말했다. "당시 마이크로프트 오빠는 저에 대한 모든 법적인 권한이 본인에게 있고, 오빠 뜻에 따르도록 절 방에 가두거나 필요한 조치를 취할 수도 있다고 했잖아요. 근데 혹시 오빠도 그 말에 동의하나요?"

셜록이 눈을 감은 채 말했다. "법적으로야, 형 말이 맞지."

"그러니까 *오빠*도 그 말에 동의하느냐고요? 오빠라도 그런 조치를 취하겠냐고요?"

오빠가 약간 망설이는 자세로 눈을 뜨며 말했다. "아니. 인정컨대 때때로 법에도 결함이 있을 수 있거든."

"그럼 오빠가 스코틀랜드 야드(셜록 홈즈의 각별한 조롱 대상이 되곤 하던 런던 경찰청의 별칭-옮긴이)에서 공직을 받아 형사로 일하기보다 독립된 탐정으로 활동하는 이유도 그 때문인가요? 그 바람에 오빠에겐 법을 집행할 어떤 공식적인 의무도 없고요?"

더 이상 의자에 등을 기대거나 조는 모습 없이 오빠가 꼿꼿이 앉으며 말했다. "에놀라!"

"남자 대 남자로 말하기로 했잖아요." 난 오빠에게 상기시켰다.

"하지만 넌 남자가 *아니잖니.* 네가 남자의 방식을 어찌 알겠니?"

"어쨌든 그렇단 말로 받아들일게요. 이제 또 다른 질문을 해볼게요. 오빠는 눈앞에 닥친 모든 사건을 맡아야 한다고 생각하는 편인가요?"

"물론 아니지. 흥미로운 특징이 전혀 없다거나, 내 독특한 추론 능력에 전혀 도전 의식을 불러일으키지 못하는 사건들은 사양하지."

110

바로 실종 사건 같은 것들이었다. 난 오빠가 보통 그런 사건들엔 신경 쓰지 않는다는 걸 잘 알고 있었다. 하지만 그 사실을 말로 내뱉진 않았다. 아직은.

"그리고 가끔은," 셜록이 늘 하는 훈계투로 이어서 말했다. "의뢰인의 말에 동조하지 않는 경우도 있지. 문제를 해결해주지 않는 편이 나은 의뢰인도 있거든."

고로 마침내 우린 내가 궁극적으로 던지고 싶었던 이 마지막 질문에 도달했다. "그렇담 왜 오빠는 유스타스 경 편에 서서 레이디 세실리 알리스테어를 찾는 일에 동조한 거죠?"

순간 오빠의 눈썹이 V자 모양이 되었다. 아무래도 오빠를 지나치게 압박한 모양이다. 하지만 다행히도 그때 조디가 다시 방으로 뛰어 들어왔다. "베일리 부인이 차가운 우유와 생강 쿠키도 괜찮을지 여쭤봐달라는데요, 홈즈 아가씨." 내가 돌아볼 때까지 기다려줬다간 마치 제 전할 말을 까먹기라도 할 듯한 기세로 조디가 불쑥 내뱉었다.

"맙소사." 우유와 쿠키는 아이들 전용 음식이란 생각에 내가 그리 내뱉자 셜록 오빠가 키득키득 웃었다. 난 오빠를 쳐다보았다.

오빠는 조디에게 "괜찮고말고."라고 말하며 그만 나가보라는 손짓을 보냈다. 그러고는 나를 향해 이렇게 말했다. "반바지를 입던 어릴 적 이후론 처음 먹어보는구나."

"잘됐네요. 셜록 오빠, 다시 방해받기 전에 말할게요.

그날 밤 활과 화살, 밧줄을 들고 알리스테어의 집에 갔을 때요…….'

"아하!" 마치 싸움을 앞둔 닭처럼 고개를 쳐든 오빠가 탄성을 질렀다. "너일 줄 알았다니까!"

"잘 들어요, 오빠. 안 그러면 우유와 쿠키는 드실 수 없어요. 그날 밤, 제가 밧줄을 레이디 세실리의 창문으로 올려보내려고 한 이유는 그 밧줄을 타고 올라가 세실리가 잘 지내는지 물어보려던 거였어요. 친애하는 오빠, 일단 세실리가 저처럼 말괄량이가 아니란 걸 명심해주세요. 고로 전 세실리가 잠옷 차림에 맨발로 밧줄을 타고 내려오리라고는 전혀 생각지도 못했어요."

"맨발이라고?" 오빠가 끼어들었다.

"……게다가 아주 재빨리요."

"잠옷 차림이었다고?"

"이 모든 걸 오빠는 모르고 있었던 거죠? 얼굴을 보아하니 그렇군요. 레이디 세실리가 옷이란 옷은 다, 정말, 소지품이란 소지품은 다 빼앗긴 채 자기 방에 갇혀 있었다는 걸 아무도 말해주지 않던가요?"

오빠가 내 질문을 슬쩍 피하는가 싶더니 얼버무리듯 답했다. "이제 내가 질문할 차례인 것 같구나."

순간 나도 오빠처럼 의자에 등을 기대고 손끝을 모은 뒤 눈을 감아볼까 생각해봤지만, 그럴 용기는 나지 않았다. 마찬가지로 "분부대로 합죠."라고 흉내 낼 용기도 나지 않았다. 고로 난 그냥 고개만 끄덕였다.

오빠가 물었다. "그다음엔 뭘 한 거냐?"

"레이디 세실리를 반쯤 들쳐업고 간신히 여기까지 왔죠. 자세한 이야기는 모르는 게 나을 테니 생략할게요."

"아니, 난 알고 싶구나."

"모르는 게 나을 텐데요. 이 말만 덧붙이자면, 다음 날 아침 오빠가 왔을 때 세실리는 안에 있었어요……." 난 사무실 쪽으로 고개를 돌리며 말했다. "……대형 소파에 앉아 돌부리에 다친 발을 담그고 있었죠." 사실 그때쯤 세실리는 누워 있었지만 난 애잔한 분위기를 자아내기 위해 약간의 거짓말을 보탰다.

이 말에 놀랄 거란 기대도 안 했지만 오빠는 정말로 그런 기색 따윈 전혀 내비치지 않았다. 이쯤에서 친애하는 독자는 감을 잡았을 터다. 내가 알아서 이런 정보를 누설할 땐 이미 내 머릿속에 큰 그림이 있어서란 걸. 그렇게 막 말을 이어가려는데 문득 조디가 우유와 생강 쿠키가 든 쟁반을 들고 들어왔다.

생강 쿠키에 우유가 곁들여 나오는 덴 다 이유가 있는 법. "편하게 우유에 적셔 드세요." 행여 바삭한 생강 쿠키가 *바스러질세라* 쿠키를 우유에 담그며 내가 말했다.

오빠가 생강 쿠키를 우유에 담그며 말했다. "에놀라, 너랑 있으면 나까지 예의범절을 잊게 되는구나."

예의범절 따위엔 관심도 없던 난 내 할 말을 이어나 갔다. "오빠가 세실리를 도우려면 알아야 할 가장 중요한 게 있어요. 이를테면 이런 거예요. 저와 함께 그 집을 탈출할 때 세실리는 매우 침착하고 의지도 분명했어요. 하지만 이 집에 온 지 몇 시간 후 별안간 활기 하나 없는 무기력한 사람이 되어버렸죠. 이 두 극단적인 모습은 제가 예전에도 경험한 거예요." 난 아직 오빠에게 레이디 세실리가 왼손잡이라는 사실이나 오른손만 쓰도록 강요당해온 일이 그녀에게 미친 영향에 관해선 굳이 언급하지 않았다. 그런 문제에 관해선 오빠가 거의 문외한이란 걸 알고 있었기 때문이다. 그 대신 단도직입적으로 말했다. "지금 세실리는 이중인격 장애에 시달리고 있어요, 셜록 오빠."

"터무니없는 소리." 내 말은 일고의 가치도 없다는 듯 오빠가 대꾸했다. "원래 여자들은 다 그렇게 예측 불허의 동물 아니니?"

114

"오빠처럼 한 논리 하는 인물이 그런 터무니없는 일반화에 빠지다니 부끄러운 줄 아세요. 오빠야말로 여자에 관해 잘 알지 못하는 거 아닌가요?"

"*인신공격하지 마라.*"

난 눈을 굴리며 말했다. "레이디 세실리는 여자든 남자든 대부분 사람과 매우 다르게 반응해요. 그래서 오빠가 방에 들어왔을 때도 전…… 전 우리 목소리가 세실리에게 충분한 경고가 될 걸 알았기에 그녀가 비밀방에 숨어 있기를 바랐어요. 그러면서도 혹시 어리석게도 대형 소파에 계속 앉아 있다가 오빠에게 발각될까봐 두렵기도 했고요."

생강 쿠키를 꽤 음미하며 여전히 맛깔스럽게 먹어 치우던 오빠가 문득 얼굴을 찌푸리며 물었다. "세실리가 어디에 있었다고? 아니, 그보다, 지금은 어디 있는 거니?"

"저도 몰라요. 제 옷을 입고 비밀문 밖으로 나갔더라고요……."

"비밀문?"

"분명 그리했을 거예요. 그 방에서 나갈 다른 출구는 없으니까요."

"무슨 비밀문? 그 문은 어디에 있니?"

난 손을 저으며 그 무관하고, 무례하고, 짜증나는 질문을 단번에 일축해버렸다. "그 문이 아니고 세실리가 어디 있냐고 물으셨어야죠, 안 그래요? 세실리가 여길 떠나 대체 어디로 달아난 건지 전 몰라요, 셜록 오빠. 전 지금 세실리의 안전이 너무나도 걱정된다고요. 그래서 오빠랑 힘을 합쳐 세실리를 찾고 싶어요. 단 여기엔 조건이 있어요. 세실리를 찾더라도 우리는, 아니 전 그 독불장군 아버지한테 절대로 돌려보내지 않을 거예요."

그 말에 오빠가 우유 잔을 세게 내려놨다. 어찌나 세게 내려놨던지 우유가 튈 정도였다. "당치 않은 소리! 에놀라, 그건 정말 제정신이 아닐 만큼 터무니없는 소리구나. 어떻게 감히 넌 내가……."

하지만 그때 우렁찬 노크 소리가 오빠의 말을 가로막았다.

10장

"누구지?" 내가 궁금해하며 내뱉었다. 그 후 조디가 문을 열러 뛰어가는 동안, 우리 둘은 침묵 가운데 앉아 있었다.

"에놀라 홈즈 양에게 온 쪽지입니다." 차분한 남자의 목소리였다.

내가 "여기요!" 하고 소리치자 제복 차림의 수위가 군용 스타일의 모자를 겨드랑이에 낀 채 들어와 내게 접힌 쪽지를 건넸다. 그 작고 반듯하며 둥그스름한 필체를 보니 세실리가 오른손으로 쓴 글이 분명했다.

한낱 우리 집 손님에 불과한 오빠가 주제넘게도 그 심부름꾼에게 물었다. "그 아가씨가 지금 답신을 기다리고 있나요?" 만약 그렇다면, 확신컨대, 오빠는 바로 세실리를 잡으러 갈 터였다.

하지만 오빠를 멍하니 쳐다보던 수위는 내게 꽤 적절한 답변을 건넸다. "홈즈 아가씨, 쪽지를 전해주신 분이 나중에 연락하시겠답니다." 그러고는 인사를 건넨 뒤 돌아서서 떠났다.

"오빠, 잠깐만요." 창문 한쪽에 선 내가 말했다. 더 밝은 빛이 필요하기도 했지만 그보단 몰래 혼자 읽으려는 꼼수였다. 쪽지엔 이렇게 적혀 있었다.

사랑하는 에놀라에게,

어머니가 뇌염으로 쓰러지셔서 거의 죽을 지경에 이르렀다는 소문을 들었어요. 분명 당신은 제가 어머니를 끔찍이 아끼면서도 못지않게 이 나쁜 소식이 절 함정에 빠뜨리려는 계략은 아닌지 걱정하고 있다는 걸 아실 텐데요. 혹시 이 사건의 진상을 좀 파악해주실 수 있을까요?

늘 빚만 지는 당신의 친구,
세실리 올림.

"무슨 일이니?" 셜록 오빠가 물었다. 아무래도 내가 미심쩍어하는 걸 눈치챈 모양이다.

아니면 흥분하고 있는 걸 눈치챘을지도 모르겠다. "셜록 오빠," 내가 격앙된 목소리로 물었다. "레이디 테오도라를 마지막으로 본 게 언제죠?"

"그런 적 없다. 단지 딸을 다시 데려와달라고 간청하는 쪽지만 받았을 뿐이야." 분명 오빠는 내 눈썹이 휘어지는 걸 봤을 터였다. 오빠의 목소리가 약간 따뜻한 어조로 바뀌는 걸 보니 그랬다. "내가 전에 세실리를 집으로 데려간 건 전적으로 네 공이었어, 에놀라. 하지만 그 일로 난 레이디 테오도라에게 엄청난 신뢰를 받게 됐지. 내가 지금 유럽 왕족들과 빈곤한 이혼녀들, 그리고 분홍색 서커스 푸들과 관련된 중대한 사건들을 맡은 와중에도 레이디 테오도라의 탄원을 무시할 수 없는 건 바로 그 때문이란다."

"그런데 레이디 테오도라를 직접 만나 상의한 게 아니었나요?"

"지금 병중이라고 들었다."

"그래도 우편으로라도 쪽지를 보내지 않았나요?"

"우편이 아니고 하인이 가져왔단다."

"그렇담 성숙하고 신뢰할 만한 하녀였겠네요."

"그렇지." 순간 오빠가 날 이상한 눈초리로 바라보았다. "한데 어째서 그렇게 단정하지?"

"그게 유일한 방법이었을 테니까요. 아무래도 레이디 테오도라도 세실리처럼 그 남편이 포로로 만든 것 같아요." 나는 방을 가로질러 오빠에게 다가가 세실리의 편지를 건넸다. "이제 우리에겐 남은 질문은 이 두

가지예요." 오빠가 편지를 유심히 살펴보고 있을 때 내가 말했다. "첫째, 레이디 테오도라는 실제로 어떤 상황에 처해 있을까? 둘째, 안타깝게도 유능한 왼손잡이에서 곤경에 처한 오른손잡이로 변신한 세실리를 어떻게 해야 할까?"

"너 지금 제정신이니?" 셜록이 물었다.

"제정신이라, 고거 참 좋은 표현이네요. 원래 세실리는 제정신일 땐 저와 이렇게 소통해요." 나는 바로 내 가슴 부분에서 아래의 암호가 적힌 세실리의 최근 편지를 꺼내 오빠에게 건넸다.

오빠가 편지를 힐끗 쳐다보며 말했다. "근데 이건 좀 유치한걸. 가장 간단한⋯⋯." 이어서 유심히 살핀 후 해독이 불가하단 걸 바로 감지한 오빠가 눈에 띄게 바뀐 뉘앙스로 물었다. "이게 뭐니?"

"이건 행동에 옮길 굳건한 정신력을 지닌 왼손잡이 숙녀의 메시지예요. 그리고 오빠가 그 전에 읽은 쪽지는 사회적 요구에 지대한 영향을 받고 있는 오른손잡이 숙녀의 조심스러운 장식용 메시지고요."

"도통 이해가 안 가는구나."

"현재로선 그럴 거예요, 사랑하는 오빠. 지금 꼭 이해하실 필욘 없죠 뭐. 전 다른 급한 용무가 있어 이만 실례해야겠네요." 나는 맞은편으로 건너가 벨을 울린 뒤 다시 한번 조디에게 망토와 장갑 등을 가져오도록 했다.

"분명 오빠는 세실리가 나타날 경우를 대비해 여기 남고 싶겠죠. 아니면 베이커가 특공대(셜록 홈즈 혼자서 사건의 단서를 찾아다니기에 일손이 부족할 때 요청하는 베이커가의 부랑아 소년들-역주)에 세실리에 대한 감시를 일임하겠군요. 얼마든지 그렇게 하세요." 그때 급사 소년이 들어왔다. "조디, 내 물건 좀 챙겨줘."

오빠가 언성을 높이며 물었다. "에놀라, 대체 어딜 가려는 거니?"

"제 일을 하려요. 오빠도 분명 오빠 일을 할 테니요. 절 만나고 싶을 경우 여기 말고 클럽에 쪽지를 남기면 제가 받을 거예요. 그럼 또 봐요."

오빠는 입을 벌린 채 아무 말도 못 하고 있었고, 난 마치 천하에 행동하는 지성은 나뿐인 양 품위 있는 여성용품을 장착한 뒤 문을 나섰다.

121

사실 날이 어두워질 때까지 난 레이디 테오도라에 대해 아무런 조치도 취할 수 없었다. 하지만 왠지 오빠에겐 일이 순조롭게 진행되고 있다는 인상을 남기고 싶었다. 또한 세실리가 라고스틴 박사의 은신처로 다시 돌아오지 않을 걸로 내가 확신하는 듯한 눈치를 주고 싶었다. 그러려면 마치 이곳이 아닌 다른 곳에서 그녀를 만나기로 한 듯한 인상을 풍겨야 했다.

아, 정말 그리됐으면 좋으련만!

난 불안한 심정으로 전문 여성 클럽으로 돌아간 뒤 방을 가로질러 내 여성 소품들을 침대 위에 내팽개치듯 내려놓았다. 그러고는 단추 다섯 개가 후드득 뜯겨나가도록 부츠도 확 벗어젖혔다. 순간 그 빌어먹을 단추들을 다시 꿰매놔야 한단 생각에 하마터면 험한 욕이 튀어나올 뻔했다. 다음으론 자리에 앉아 양말 신은 발을 오토만(위에 부드러운 천을 댄 기다란 상자 같은 가구-역주)에 올려놓은 채 머리를 쥐어뜯으며 (고로 공들여 매만진 머리까지 덩달아 망가뜨리며) 마음을 차분하게 가라앉혔다.

그러면서 난 아래의 내용을 휘갈겨 썼다.

세실리는 나처럼 말괄량이가 아니란 걸 기억하자.

나만큼 빨리 달릴 수도, 자신을 방어할 수도 없을뿐
더러 코르셋에 단검을 감추고 다닐 리도 없다.

세실리는 더 작고 더 조신하다.

내게서 가져간 옷은 너무 커 대충 걸쳐 입었을 테니
아무리 고상한 척해도 가난해 보일 터였다.

세실리는 돈벌이가 되는 일자리를 찾고 있다.
그렇다면 그게 뭘까?

분명 방적 공장이나 성냥 공장에서 하루 16시간씩
일할 리는 없을 터였다. 사실 상류층 '직장 여성'으로
일해야 할 세실리에겐 선택권이 얼마 없었다. 우선 그
녀는 타자 치는 법을 배운 적이 없기에 도우미나 인쇄
물 제작자는 될 수 없었다. 그럼 전보나 전화 교환원?
그곳도 워낙 뽑는 인원이 적고 경쟁이 치열하여 어려
울 듯했다. 우체국이나 백화점의 점원? 거긴 딱 봐도
아니었다. 그러려면 몸에 잘 맞는 매력적인 옷이 필요
했기 때문이다! 유모나 가정교사? 이 또한 옷을 구하
기 어려운 데다 설상가상으로 유스타스 경의 딸을 아
는 누군가의 눈에 띌 수 있어 불가능해 보였다.

세실리의 장래는 절망적이다. 과연 가족에게서
독립한다 해도 혼자 살아남을 수 있을까?

내 경우는 엄마가 상당히 많은 돈을 마련해준 터라
그렇게 할 수 있었다.

게다가 이중인격으로 그런 삶을 살아갈 수 있을까?

아니, 아아, 안 돼. 문득 세실리가 가난뱅이 노숙자,
연고 없는 정신병원 환자, 혹은 더 심한 상황에 처해
있으면 어쩌나 하는 마음에 엄청난 두려움이 엄습했다.

난 세실리를 찾아야 한다. 하지만 찾더라도 다시
유스타스 경에게 데려갈 순 없다.

이런 생각을 하고 있자니 상황이 꽤 절망적으로 다
가왔지만 난 절망하지 않았다.

에놀라, 생각을 좀 해. 전에 더 까다로운 문제도 논
리를 세워 해결한 적이 있지 않던가.

전제: 유스타스 경은 딸 레이디 세실리의 삶을 제멋
대로 쥐고 흔들 심산이었다. 게다가 그에겐 그리할 법
적 권한도 있었다.

그렇다, 아니면 아니다?

아, 그렇다.

그렇담 거기서 벗어날 출구는 있었을까? 세실리가 그렇게 연약하지만 않았어도, 그렇게 자아가 이중으로 분열된 상태만 아니었어도, 그러니까 좀 더 강한 심성을 지니기만 했어도…….

에놀라, 그녀를 하룻밤 사이에 바꿔놓을 순 없어.

아, 빌어먹을, 절망이군, 도무지 방법이 없어…….

에놀라, 생각해!

생각 좀 해. 생각을 좀 하라고…… 이 문제에 대해 전혀 다른 관점에서 접근해야 한다는 건 알겠는데 그게 과연 뭘까?

그래, 세실리가 강해졌으면 하는 바람보다 그 아버지의 힘을 빼는 방법을 모색해보자.

아버지?

이 새로운 생각에 난 화들짝 놀랐다. 마치 번개라도 친 듯 정신이 번쩍 들었다. 난 허리를 꼿꼿이 세우고 앉아 휘갈겨 쓰던 쪽지를 구겨 휴지통에 던진 뒤 주먹을 불끈 쥐었다.

적에게 싸움을 걸어보자. 그래! 유스타스 경의 힘을 빼보자! 그거야!

바로 그거라고!!

하지만, 어떻게?

그 방법에 대해선 떠오르는 게 전무했던 터라 내 꼿 꼿하던 자세는 바로 시들해졌다. 그 방법이 대체 뭘까?

난 자리에서 일어나 방 안을 서성이며 기운을 돋우 기 위해 노력했다. 우선 가슴 펴기와 목, 팔 당기기와 같은 몇 가지 체조를 해보았다. 몇 차례 제자리 뛰기 를 마친 후엔 이윽고 얼굴에 세면대의 찬물을 끼얹어 보기도 했다. 그러고는 창문 앞에 서서 흐리고 어두워 진 바깥을 유심히 살펴보았다. 빌어먹을 날씨! 뭐, 상 관없어. 난 중얼거렸다. "에놀라, 제발 머리 좀 굴려봐."

딴에는 제법 큰 소리로 말하고 있었지만, 실은 안타 깝게도 사색에 잠겨 나의 긴 두개골 속 감춰진 조직에 대고 혼잣말로 지껄일 뿐이었다. 그러니까 마치 구름 낀 회색 하늘처럼 희뿌옇게 가로막힌 내 뇌 말이다.

'터무니없는 공상이야! 생각을 해!' 유스타스 알리스 테어 경이란 인물을 놓고 마치 망원경처럼 내 마음을 조준한 채 난 스스로를 채찍질했다.

시간은 좀 걸렸지만 난 천천히 초점을 찾아갔다. 머 릿속에 분명한 생각이 떠오른 것이다. 그토록 눈에 띄 는 수많은 결점 — 비열함, 과도한 야망, 고집불통, 정 신적 무기력 — 을 지닌 천박한 준 남작이라면, 분명 감추고 싶은 뭔가를 저질렀을 게 뻔했다.

암, 그렇고말고.

아마도 카드놀이에서 사기를 쳤거나 노름빚을 떼먹었을 거다.

아마도 대놓고 극장 여성들을 농락했을 거다.

하녀들과도 놀아났을 거다.

그 고약한 성질로 볼 때 하인과 여자를 때리기도 했을 거다.

젊었을 땐 한량이 따로 없는 모습으로 독한 술은 물론 더한 것에 빠져 살았을 거다. 혹시 아편굴에 들락거리기로 악명이 높았을지도!

가족 중 수치스러운 정신병력을 지닌 자도 있었을 거다. 가령, 다락방 어딘가에 숨어 사는 이모라든지.

아마도……

어쩌면 정말로 그는 이런 일들을 저질렀을 거다. 하지만 그런 정보를 어디서 얻는담!?

흠.

"오, 정말 근사한 드레스네요." 내가 해바라기가 수놓아진 드레스 상의에 딱 어울리는 노란색 실크 실내화 차림을 하고서, 오전용 거실 가운데 한 곳의 우아한 고리버들 의자에 앉아 있던 레이디 비엔나 스테드웰의 맞은편으로 가 앉자, 그녀가 날 맞으며 말했다. "수

직형 디자인(수십 년간 여성에게 관능적인 '모래시계 몸매'를 만들어주던 크리놀린의 시대를 거쳐 마침내 맞이하게 된 폭 좁은 일자형의 디자인을 일컬음-역주)이 마침내 유행을 타다니 정말 대단하지 않나요?"

"제 말이요!" 내가 그녀의 말귀를 바로 알아듣자 우리 사이에 불쑥 웃음이 튀어나왔다. 레이디 비엔나처럼 나도 키 크고 마른 데다 몸의 굴곡이라곤 눈 씻고 찾아봐도 없었기 때문이다. 수십 년간 유행이던 큰 엉덩이와 가는 허리라는 모래시계 체형이 사라진 건 우리 두 사람에겐 축복이었다.

"나도 그런 우아한 고어드스커트 드레스를 한번 입어보고 싶네요." 그녀가 생각에 잠긴 듯 말했다. "물론 난 패션이든 뭐든 최신 유행에는 영 젬병이지만요."

"정말요?" 내가 재치 있게 되받아쳤다. "그럼 얼룩무늬 회색 말 한 쌍이 끄는 그 휘황찬란한 사륜 포장마차를 타고 산책을 나간 적도 없으시겠네요?"

그녀는 껄껄 웃는 웃음으로 화답했고, 이어서 우리는 런던 사회의 엘리트들, 곧 가장 최근 프랑스에서 수입된 맨 위 단추만 채운 신사복 상의의 남성들과 드레스 위쪽 소매를 한껏 부풀린 여성들에 관해 즐거운 험담을 나눴다. 그러니까 이건 유스타스 알리스테어 경에 관한 대화로 넘어가기 위한 일종의 계책이었다.

만일 그가 평판에 금이 갈 일을 저지르고도 은폐한 적이 있다면, 지혜롭고 인맥 넓은 레이디 비엔나가 모를 리 없었기 때문이다. 하지만 지난번처럼 세실리에 대한 내 걱정을 털어놓는 것과 지금처럼 그녀에게서 유스타스 경에 관한 비밀을 끄집어내는 건 완전 별개의 일이었다.

"……참 어리석죠." 그녀가 말을 이었다. "자기 어머니의 한 달 치 저녁 끼닛값을 날리는 한이 있어도 《고디스 레이디스 북》(19세기 후반 미국의 여성 패션잡지-역주)에 실린 신상 옷만큼은 꼭 사야 하는 여성들이라니."

"그래도 레이디 세실리는 딱히 그런 것 같지도 않아요." 내가 슬쩍 반박하듯 말했다. "물론 옷은 잘 입지만요. 그녀의 여러 언니들이나 엄마나요." 다들 그런 단정한 용모를 유지하는 걸 보면 분명 레이디 테오도라 알리스테어는 훌륭한 내조자였을 터다.

"용모라, 그렇고말고요." 순간 대단한 흥미를 내비치며 레이디 비엔나가 내 쪽으로 몸을 기울였다. "세상에서 둘째가라면 서러워할 천하의 야심가답게 유스타스 경은 자기 누나들이 누리는 온갖 호사는 물론 그 이상의 호사를 누리고자 했죠. 고로 늘 그래왔듯 지금도 유스타스 경과 레이디 테오도라는 분에 넘치는 삶을 살고 있답니다."

"그런데도 어떻게 돈을 탕진하지 않았을까요?"

널찍한 고리버들 의자에 몸을 기대던 레이디 비엔나가 금방이라도 뒷담화를 시작할 태세로 새침하게 말했다. "그야 나도 모르죠."

그녀의 태도를 보아하니 분명 아는 게 꽤 있는 눈치였다. 난 최대한 진중한 자세를 취하며 말했다. "레이디 비엔나, 일전에 잉글소프 자작 부인의 엉덩이에 화살이 박혔던 이야기를 하셨는데요. 아, 잉글소프 자작 부인이 아니라 머갠서 남작 부인이었던가요? 그때 유스타스 경이라면 얼마든지 저지를 법한 일이라는 말도 나왔었어요. 실은 제가 지금 유스타스 경이 그 외에 또 무슨 짓을 저질렀는지 알고 싶거든요. 물론 이건 잡담의 취지는 아니고요."

진지한 눈빛으로 날 찬찬히 살피던 그녀가 물었다. "그럼 뭐 때문이죠?"

"유스타스 경이 한 번 더 폭군같이 굴었다간 스스로 자멸할 수단을 그 딸과 아내에게 주려는 거예요."

순간 레이디 비엔나의 청자색 눈이 휘둥그레졌다. "혹시 레이디 세실리가 어디 있는지 아는 건가요?"

그 질문에 난 바라건대 수수께끼 같은 미소로만 화답했다.

날 살피던 레이디 비엔나의 사랑스러운 눈동자가

별안간 밝아졌다. 그녀가 내게 가까이 몸을 기울이며 나지막이 말했다. "체육관의 장비 창고에서 활과 화살도 몇 개 없어졌다고 하더군요."

나는 침묵을 지킨 채 어깨를 으쓱해 보였다.

"그랬군요." 레이디 비엔나가 눈을 반짝이며 애써 참는 미소를 지어 보였다. "무척 놀랐어요." 하지만 동시에, 의자의 쿠션 깊이 느긋이 몸을 기댄 그녀가 잠시 멍하니 생각에 잠겼다. 곧이어 그녀의 부드러운 녹회색 시선이 다시 내게 꽂혔다. "좋아요, 아가씨, 뭐든 말해드리죠. 당신은 내 마음에 쏙 드는 아가씨니까요. 하지만 미리 경고해두는데 내가 말해줄 수 있는 건 온갖 뒷소문뿐이라 이런 것들로 원하는 결과를 얻진 못할 거예요. 그러니 어떻게든 증거를 찾아야 해요."

나는 수긍의 의미로 고개를 끄덕이며 귀를 쫑긋 세웠다.

11장

난 귀담아들었다.

그러고는 고맙다는 인사를 전한 후 레이디 비엔나와 헤어졌다.

늦은 점심을 먹은 나는 눈에 띄지 않는 복장(상류층 여성들이 런던 거리를 다닐 때 입곤 하는 표준 복장인 회갈색 외출복)으로 갈아입은 뒤 남은 하루를 밖에서 보냈다. 바로 전차를 타고 중고 의류매장이 있는 이스트엔드 구역으로 가 하녀복을 이루는 일체의 흑백 의상 및 그에 딸린 소품을 사오는 데 할애한 것이다. 그러니까 '검정 드레스', '주름 장식이 있는 하얀색 앞치마와 옷깃, 소맷동', '올 굵은 검정 양말' 그리고 '커다란 그로그랭(올이 조밀하고 뚜렷한 가로무늬가 있는 직물-역주) 나비매듭 리본이 달린 투박한 검정 구두' 말이다.

물론 이 모든 걸 그냥 백화점에서 사는 게 훨씬 수월할 수도 있지만, 거기서 산 신상 옷을 입고 레이디 테오도라의 집에 나타났다간 아마 그 부엌을 통과하기도 전에 정체가 탄로 날 터였다. 난 적어도 뒷계단까진 발각되는 일 없이 가고 싶었다. 내가 레이디 테오도라를 만나야 할 이유는 비단 한두 가지가 아니었기 때문이다.

하녀복은 죄다 하얀색 아니면 검은색이라 내 몰골은 한 마리의 얼룩말이 따로 없었다. 아니면 그 하얀 앞치마를 내 검은색 허리 부분에 두르고 그럴싸한 나비 리본 모양으로 묶고 보니 왠지 까치랑 더 닮아 보이기도 했다. 그런데 일단 그 검은색 의상에 어울리는 하얀색 옷깃과 소맷동을 달고 부드럽게 쪽 진 머리 위로 하얀 모자를 씌운 후 핀으로 고정하고 보니, 이번엔 뭐랄까 얼룩말piebald, 까치magpie에 이어, 이들과 어원이 같은 파이pie 몰골이라고나 할까.

흠.

난 손잡이를 팔에 걸어 들고 다니는 그런 간단한 바구니를 들고 아래층으로 내려가 부엌으로 갔다. 그러고는 거기서 파이 굽는 접시를 몰래 가져와 바구니에 넣은 후 완전 새것 같은 하얀색 마른행주로 덮었다.

이어 숨을 한번 크게 들이쉬며 엄마의 얼굴을 떠올

133

린 후 스스로에게 말했다. *"혼자서도 아주 잘 해낼 거야, 에놀라."* 그러고 나서 힘차게 그 자리를 떠났다.

보통 하녀들은 마차를 타지 않는다. 그래서 내가 유일하게 믿을 수 있는 마부, 그러니까 내가 가장 좋아하기도 하고 매우 신중하기도 한 해럴드를 부르려 했는데 내 배달원 소년이 그를 데려올 수 없었다. 고로 지금으로선 이 두 다리밖엔 믿을 게 없다. 날은 이미 어둑해진 가운데 영국 다른 지역이라면 저녁 산들바람이 솔솔 불 때건만 이곳 런던에선 세찬 바람에 한기까지 돌았다. 고로 난 알리스테어의 메이페어 근처까지 걸어가는 내내 와들와들 떨어야 했다. 하지만 계획대로 취침 전, 그러니까 주인과 하인이 하품을 하며 시계나 쳐다볼 나른한 저녁때 난 무사히 도착했다. 제발 바라건대 너무 경계심이 투철하거나 너무 정신이 말짱한 사람은 없기를.

경계심으로 치자면 나 또한 편안해지기엔 다소 과하게 투철했다. 저택의 옆면을 살피는데 레이디 테오도라의 창문 안쪽 오간자 커튼 뒤로 불빛이 보였다. 이전에 '라고스틴 부인'으로 변장해 테오도라의 내실을 방문한 적이 있던 난 그녀의 방이 어딘지 잘 알고 있었다. 레이디 테오도라의 방은 세실리의 방보다 낮은 층에 있었지만 기어 올라갈 담쟁이덩굴 벽이나 배수관도 없이 내 키보다 훌쩍 높은 곳에 흐릿하게 보일 뿐이었다.

커튼에 움직이는 형상들의 희미한 그림자가 드리워진 걸 보니 지금 레이디 테오도라는 혼자가 아닌 듯했다. 문득 그 생각을 하자니 불안하고 메스꺼웠다. 하지만 자고로 용기 있는 자가 미인을 얻는 법. 앞으로 가보자, 계속, 나아가보자!

부엌문 쪽으로 돌아가니 짐승 먹이용 음식물 찌꺼기를 옮기는 일이 한창이라 아직 문이 잠겨 있지 않았다. 막 문 안으로 성큼성큼 들어가려는데 문득 자세를 고쳐야 한다는 생각이 떠올랐다. 나는 구부정하니 머리를 숙이고 멍청해 보이도록 볼에 공기를 불어 넣었다. 그러고는 평생 업신여김을 당하는 데 이골이 난 노역꾼의 바퀴벌레 걸음걸이처럼 종종걸음을 치며 슬그머니 문 안으로 들어갔다.

부엌에선 요리사가 스토브 옆 흔들의자에 앉아 고개를 삐뚜름히 기울인 채 코를 골고 있었다. 식기 닦는 하녀들은 싱크대 위로 몸을 기댄 채 축 늘어져 있었다. 그런데 뒷계단의 맨 아래까지 거의 이동할 때쯤, 한 남성의 목소리가 날 도발해왔다. "이봐 당신! 여기서 뭐 하는 거요?"

식료품 창고에서 은을 닦던 집사가 날 발견했다. 난

가급적 가장 굼뜨고 어리석은 모습으로, 곧 실제로 내 입 한 귀퉁이에선 침이 줄줄 흐르는 몰골로 집사에게 무릎을 구부려 꾸벅 인사했다. 그러고는 마치 심부름을 온 하녀인 양 바구니 속 내용물을 보여주는 시늉을 한 뒤 잽싸게 쥐처럼 위층으로 올라갔다.

"기다려!" 집사가 날 따라왔다. "어디로 가는 거요?" 물론 난 기다리지 않았고, 되도록 차분히 한 번에 두 계단씩 뛰어 올라가기 시작했다. 다행히도 (체면 때문에 직접 뒤쫓을 수 없던) 집사가 누군가를 보내 뒤쫓기 전에 난 레이디 테오도라의 내실 문에 도달했다. 지금 내게 급선무는 세실리 엄마의 상태, 그러니까 레이디 테오도라가 소문대로 죽을병에 걸린 건지 아니면 멀쩡한 건지 알아내는 일이었다.

난 지하층을 거쳐 1층 그리고 2층까지 올라갔다. 그러고는 계단에서 벗어나 하인이 이용하는 층계참으로 뛰어갔다. 그런데 그때 문득 마치 이 집이 왼손잡이만 사는 집이라도 되는 양 거울에 비친 이미지처럼 좌우를 반대로 기억하고 있는 나 자신을 발견했다. 그러니까 지금까지 난 전부 반대로 온 것이다. 아, 어느 문이 레이디 테오도라의 내실 문이었더라?

에놀라, 생각을 좀 해.

문득 일전에 라고스틴 부인으로서 이 집에 왔을 때

의 기억을 떠올려봤다. 그러니까 그 요지부동 집사의 인도하에 현관 계단을 걸어 올라갔던 그 기억 말이다. 그래, 여기서 한번 돌아보자. 그러면 레이디 테오도라 의 내실이 나올 거야.

그러고 나선 제발 맞기를 바라는 그 문으로 달려가 문을 두드린 뒤 손잡이를 돌렸다. 문은 잠겨 있었다. 하지만 난 다시금 문을 두드렸다. "누구시죠?" 안에서 하녀의 말투로 보이는 날카로운 목소리가 들려왔다.

나는 카랑카랑한 고성으로 냅다 소리쳤다. "레이디 알리스테어를 위한 라고스틴 파이 대령입니다!"

"뭐라고요?" 당연히, 그녀는 그게 뭔지 알 턱이 없었 다. 사실 알 수 없는 건 나도 마찬가지였다.

하지만 그게 뭐 대수인가. 곧이어 발소리와 열쇠 돌 아가는 소리가 들려오더니 살짝 열린 문틈으로 회색 머리의 하인이 날 쳐다보며 말했다. "여긴 어떻게 올 라온 거죠?"

"라고스틴 파이 대령입니다!" 난 안에 있던 모두가 대번에 들을 만큼 날카로운 목소리로 꽥 내질렀다.

순간 누군가 놀란 듯 헉하는 소리와 함께 작은 물체 가 카펫으로 쿵 떨어지는 소리가 들려왔다. 연이어 귀 에 익은 부드러운 목소리의 레이디 테오도라가 "들여 보내세요!"라고 외치는 소리가 들려왔다.

그때 서둘러 계단을 올라오는 사람들의 발소리도 들려왔다.

문 안쪽에 있던 하인은 날 들여보내기는커녕 몸을 돌려 주인을 향해 볼멘소리를 냈다. "하지만 마님, 만약......"

"들여보내줘, 필리스! 당장!"

사람들의 발소리가 너무 가까워져 더 이상 기다릴 수가 없었다. 나는 그 열린 좁은 문틈으로 몸을 던졌고 그 틈을 몸으로 벌려가며 밀치고 들어가느라 어쩔 수 없이 하녀와 부딪혔다. 하지만 하녀는 발이며 머리며 흐트러짐 하나 없이 내가 들어가자마자 바로 문을 걸어 잠근 뒤 열쇠를 주머니에 넣었다.

레이스가 달린 티 전용 드레스 차림에 리본으로 단장한 올림머리를 한 레이디 테오도라가 그 섬세한 미를 완벽히 담아낸 우아한 일본식 의자에 앉아 휘둥그레진 눈으로 날 응시했다. 예상대로 그녀는 최근에 겪은 시련으로 마르고 쇠약해 보였지만, 분명 아프지도 임종을 바라보지도 않은 모습이었다.

바로 그때 누군가가 문을 두드렸다. 레이디 테오도라가 손가락을 입술에 갖다 대며 내게 조용히 하라는 신호를 보냈다. 충성스러운 필리스는 다시 한번 칭찬할 만한 침착함을 선보이며 문에서 조금 물러선 뒤 하품을 하는 나른한 목소리로 "누구시죠?"라고 물었다.

"젠킨스인데요. 저기 혹시 외부인 못 봤나요?"

"그게 뭔 말이죠?"

"못 봤으면 됐어요. 그냥 신경 끄세요."

필리스는 자기 역할을 훌륭히 해냈다. "무슨 말이냐고요?"

"그냥 신경 끄라고요!" 젠킨스가 서둘러 떠나는 소리가 들려왔다.

레이디 테오도라가 필리스에게 미소를 지은 뒤 내게 짓궂게 속삭였다. "라고스틴 부인, 무슨 슬픈 사정으로 가정부 차림을 하고 있는 건가요?"

나는 머리에서 우스꽝스러운 하얀색 모자와 바구니를 던져버린 뒤 방을 가로질러 그녀에게 다가갔다. "사실 전 세실리의 친구인 에놀라라고 해요."

"오!" 순간 레이디 테오도라의 아름다운 눈이 휘둥그레졌다. "그 말을 들으니 많은 게 이해되네요." 그녀는 손을 뻗어 두 손으로 내 손을 잡았다. "세실리는 어떤가요?"

"부인의 근황을 간절히 알고 싶어 해요." 나는 여전히 레이디 테오도라와 손을 잡은 채 필리스가 그녀 옆으로 가져다 놓은 의자에 앉았다. "세실리가 어디선가 부인이 몸져누웠다는 소문을 들었거든요."

부인이 반짝이는 눈을 굴리며 말했다. "남편은 제가 병에 걸렸다는 거짓말로 다시 세실리를 이곳으로 유인하려고 했어요. 확신컨대 남편은 일부 하인들도 그렇게 속였을 거예요. 하지만 필리스와 전 오히려 그런 남편을 속이고 있죠." 부인은 우리 둘을 지키고 서 있는 필리스에게 미소를 지어 보였다. 그러자 필리스도 부인에게 엄마 같은 상냥한 미소로 화답했다. "지금 남편은 절 방에 가두었다고 여기고 있어요. 여분의 열쇠가 존재한다는 사실은 전혀 모른 채요."

"필리스가 부인 일로 제 오빠에게 메시지를 전해왔어요."

"셜록 홈즈에게요? 그랬군요, 처음엔 세실리가 납치된 줄 알고 제가 거의 정신줄을 놓았었거든요, 에놀라. 하지만 이젠 딸이 자유의지로 떠난 걸 알게 됐어요. 그래도 전 세실리가 돌아오기만을 간절히 바라고 있답니다. 대체 세실리는 어디 있는 걸까요?"

문득 그 질문에 기분이 비참해졌다. 그 답을 모르고 있었기 때문이다! 하지만 이내 허세를 떨며 말했다. "지금 세실리에겐 옷이며 돈, 방이 있어요. 우리는 서로 연락하며 지내고 있고요. 하지만, 테오도라 부인, 세실리에 대한 아버지의 가혹한 대우가 계속 허용된다면 아마 세실리는 부인에게 돌아올 수 없을 거예요."

순간 표정이 굳어진 레이디 테오도라가 잡았던 내 손을 놓았다. "허용이요? 허용이라고요?" 그녀가 기도 안 찬다는 듯 소리 높여 말했다. 마치 그 소리는 유리가 산산조각 깨지는 소리 같았다. "허용하지 않으면 제가 뭘 어쩌겠어요? 남편을 떠나려고도 해봤지만, 제게 딸린 아이만도 여덟이나 되는데……."

"알아요, 돈이 없어 부인도 집에 돌아올 수밖에 없었다는 걸요. 하지만 바라건대 전 부인에게 자유를 찾을 수단을 마련해드리려고 해요."

"그게 무슨 뜻이죠?"

"분명 유스타스 경의 아내로서 부인도 남편이 저지른 만행에 대해 익히 알고 계실 텐데요. 만일 그 만행들이 세상에 알려진다면, 유스타스 경은 엄청난 궁지에 몰리게 될 거예요."

이건 일전에 레이디 비엔나 스테드웰이 내게 언질을 준 내용이었다.

그러자 휘둥그런 눈과 뾰족탑 같은 눈썹으로 마치 연철 담 끝의 뾰족한 말뚝 울타리처럼 꼿꼿이 몸을 세운 그녀가 미처 다물지 못한 입을 손으로 가렸다. 순간 난 그녀가 쥐라도 보고 비명을 내지르는 줄 알았다.

지금 이 선량한 귀족 부인은 그저 협박 같기만 한 이 제안에 지레 거부감을 느끼는 모양이었으나 그걸

141

잘 달래 설득하지 못한다면 모든 희망은 물거품처럼 사라질 터였다.

"레이디 테오도라, 유스타스 경이 부인이나 세실리를 다신 학대하지 못하도록 한다는 게 왜 그리 두려운 거죠?" 내가 몹시 달래는 어조로 물었다.

"그런 치욕을 받으면 남편은 파멸하고 말 테니까요! 게다가 감옥에도 갈 테고요!"

이 말로 난 레이디 비엔나가 내게 말해준 소문이 사실이라는 걸 확인했다. 유스타스 경은 정말로 죽은 하인들의 시신을 갖고 범죄를 저질렀던 것이다.

나는 최대한 부드러운 어조로 대답했다. "제 말이요. 그러니 우리도 유스타스 경이 분별력을 갖도록 요구해야겠죠. 하지만 증거를 수집하려면 희생자들의 이름이 필요해요……."

"오, 전 못하겠어요!" 레이디 테오도라가 마치 울음을 터트릴 듯 손으로 얼굴을 감쌌다.

이 녹록지 않은 설득 작업은 마침내 뜻밖의 목소리가 등장하고 나서야 겨우 풀릴 기미가 보였다. "그분은 나쁜 남편이었어요," 하녀 필리스가 말했다. "마님은 그보다 나은 대접을 받아야 해요." 그러고는 날 돌아보며 말을 이었다. "첫 번째 희생자의 이름은 티머시 버크예요. 그는 하인이었죠. 그다음엔 위층 하녀 이머전 손더스가 있었고, 또 심스라는 마부도 있었죠."

나는 그 이름들을 받아 적기 위해 내 드레스의 상체 부분에서 종이와 연필을 꺼냈다. 하지만 그러기도 전에, 틀림없이 유스타스 경으로 보이는 목소리가 엎드리면 코 닿을 거리에서 고래고래 외쳤다. "테오도라!"

순간 레이디 테오도라의 창백한 잿빛 얼굴을 감싼 손이 죽어가는 나방처럼 파르르 떨렸다.

나는 벌떡 일어나 거의 그녀만큼이나 속수무책인 상태에서 그저 숨을 곳을 찾아 빙글빙글 원을 그리며 돌았다. 하지만 필리스는 즉시 문제 해결을 위한 행동에 나섰다. 내가 던져놓은 우스꽝스러운 바구니를 화분 더미 뒤로 밀어 넣고 내 모자를 주운 것이다.

육중한 발소리가 가까이에서 들려왔다. 곧이어 유스타스 경의 목소리가 부인을 위협해왔다. "테오도라!" 그때 난 참 어리석게도 손을 뻗어 코르셋의 칼집에서 단검을 꺼냈다. 하지만 필리스가 나지막이 말했다. "도로 넣으세요." 그 말을 따르자 필리스가 뒤에서 내 양쪽 어깨를 잡은 뒤 날 구석으로 몰았다. "몸이 아이처럼 말라 다행이네요. 어서 세탁물 투입로(큰 저택에서 벽에 난 작은 문을 통해 세탁물을 던지면 미끄럼틀 같은 통로를 통해 지하의 세탁소로 내려보내는 투입로-역주)로 들어가세요."

143

"테오도라! 대답해!" 유스타스 경이 문밖에서 소리쳤다. 필리스가 벽에 걸린 장식물 벽걸이 쪽으로 날거의 내팽개치듯 떠밀었다. 인정컨대 순간 망설여졌다. 그 입구 아래론 그다지 매력적이지 않은 어두운 구멍이 아가리를 딱 벌리고 있었기 때문이다.

하지만 그때 유스타스 경이 자물쇠에 열쇠를 꽂으며 덜컹거리는 소리가 들려왔고, 그 소리를 들은 필리스가 내 날갯죽지 사이를 힘껏 밀었다. 곧이어 그 불경스러운 구멍 속으로 머리가 먼저 빨려 들어가는 가운데 내 엉덩이를 한 번 더 밀던 그녀가 속삭였다. "다리를 좀 들고 포개봐요! 아무 소리 내지 말고요!" 그러고 나서 필시 그녀는 방금 내가 도망쳐온 세탁물 투입로의 입구를 벽에 걸린 커튼으로 대충 가려놓았던 듯싶다. 칠흑 같은 어둠 속에 숨었는데도 안전한 느낌 따윈 전혀 없는 걸 보니 그랬다. 행여나 비명이라도 지를세라 이를 악물고 있던 난 다음 순간 순식간에 아래로 미끄러졌다.

12장

"스파이야, 테오도라! 집에 스파이가 있어! 누구지?"
유스타스 경이 고함쳤지만, 그 말은 내가 그날 저녁
들은 마지막 말이었다. 이미 쇠로 만든 용 같은 세탁
용 투입로가 날 집어삼킨 후였기 때문이다. 그 무생
물 흡입구에 삼켜진 뒤 난 몸과 맘이 주체가 안 될 만
큼 엄청난 속도로 아래로 떨어졌다. 분명 전에는 아이
작 뉴턴 경이 자연철학을 사색하다 발견한 이 놀라운
법칙을 그다지 중시하지 않았던 듯하다. 물론 나무에
서 떨어질 때도 경험했지만 캄캄한 세탁물 투입로에
갇혀 떨어지는 이번에야말로 그의 중력 법칙이 얼마
나 더 막강하고 무시무시한지 새삼 깨달았기 때문이
다. 그곳에 갇혀 급강하하는 동안 어찌나 숨이 가빠오
던지 비명조차 내지를 수 없었다.

145

그렇게 얼굴을 아래로 하고 미끄러지며 한 바퀴, 또 한 바퀴를 돌다 겨우 정신을 차리는 가운데 즉시 몇 가지 간단한 사실에 대한 깨달음이 왔다. 우선 위층의 여러 다른 세탁용 투입로들은 이 하나의 통로로 연결되어 있었다. 또한 이 통로는 다른 세탁용 투입로들을 수용하기 위해 지그재그 모양으로 되어 있었다. 난 여기저기 나 있는 이 각각의 투입로에 매달리는 방식으로 하강 속도를 늦출 수 있었다. 하지만 레이디 테오도라를 위험에 빠뜨리지 않으려면 누구도 내 소음을 듣게 해선 안 될 노릇이었다. 그러니까 참고 있던 비명을 불쑥 내지른다든지, 세탁물 투입로의 옆 부분을 신발로 쿵쿵 두드리는 일을 해선 곤란했다.

고로 난 등으로 미끄러지도록 다리나 발이 아닌 팔만 이용해 가까스로 몸을 뒤집었다. 물론 이번에도 머리는 먼저 내려갔다. 그런데 잠시 후 어깨가 지그재그로 꺾이는 가파른 지점에 닿았고, 난 바로 양팔을 쭉 뻗어 양손으로 사방을 더듬거렸다…….

그렇다! 고삐 풀린 말의 고삐라도 잡듯 난 다음 순간 그 금속 접합부의 가장자리를 있는 힘껏 움켜쥔 뒤 힘겹게 버텼다.

잠시 동안 그렇게 매달린 채 깊은 안도의 숨을 내쉬던 난 아찔한 속도에서 벗어나 미약하게나마 내 상황을 통제하게 된 사실에 감사하며 중력의 횡포에서 해방된 기쁨을 만끽했다. 비록 캄캄한 어둠 속이지만 그 상태로 있다 보니 무서움도 훨씬 덜한 듯했다.

그때 문득 이런 생각이 들었다. 더는 급강하하는 일 없이 두 번째 세탁물 투입로로 기어 올라가 누군가의 잠든 침실로 들어간 뒤 조심스레 알리스테어 저택에서 두 발로 도망쳐 나올 순 없을까?

모르긴 몰라도 이 계획은 미지의 목적지에 머리로 급강하해 쾅 떨어지는 것보단 훨씬 나을 듯했다.

난 바로 계획을 실행에 옮겼다. 우선 가급적 찍소리도 내지 않고 몸의 어떤 부위도 부딪히지 않도록 전신을 잔뜩 쪼그렸다. 그러고는 손으로 다른 세탁물 투입로를 더듬거려가며 투입구를 찾은 뒤 그 안으로 조금씩 몸을 밀어 넣었다. 그렇게 어깨와 몸통을 집어넣은 다음 다시 두 발로 일어서게 된 기쁨이란 정말이지 끝내줬다! 그 후 난 투입로의 측면에 몸의 각 부위를 밀착시키고서 마침내 굴뚝 청소부처럼 기어오르기 시작했고, 그때 내 안에선 환호가 터져 나왔다. *이건 조금 전 맛본 기쁨보다 훨씬 큰 기쁨이었다.*

147

그러니까 내 말은 세탁물 투입로가 좁혀지기 전까지 그랬단 소리다. 한밤중 두더지 굴보다 더 캄캄한 상황에서 감히 예상할 겨를도 없이 맞닥뜨린 이 재앙으로 내 양어깨는 속수무책으로 투입로에 끼어버리고 말았다. 순간 매끄럽게 쑥 미끄러지도록 이리저리 몸을 꿈틀거려도 봤지만 그럴수록 상황은 악화되었고, 급기야 내 몸은 와인병의 코르크 마개처럼 투입로를 꽉 막아버렸다. 심장이 쿵쾅거리는 가운데 혹자는 이렇게 계속 몸부림치다 보면 어느새 박힌 몸도 쑥 빠져나갈 거라 여겼을지 모르겠지만 그건 오산이었다. 이제 몸의 더 좁은 부위(머리)까지 끼인 채로 (어깨마저) 옴짝달싹할 수 없게 된 터라 아무리 허리에서부터 손, 발, 그리고 하다못해 스커트까지 종처럼 흔들어대도 아무런 소용이 없었다.

문득 이 캄캄한 세탁물 투입로에서 굶어 죽은 내 시체가 몇 세대가 지나도록 발견되지 않은 채 어느덧 미라로 변한 광경이 떠올랐다.

터무니없는 소리, 에놀라. 내 위로 세탁물이 쌓이다 구멍이 막히게 되면 누구라도 조사를 나오겠지.

하지만 이 추론은 도움이 되지 않았다. 이미 극도로 불안했던 데다 오한에 겁까지 집어먹은 상태였기 때문이다. 정말로, 이젠 그만 살려달라고 소리쳐야 하지 않을까 싶었다. 정말로, 이대로 발각된다면 유스타스 경에게 무슨 해코지를 당할지 두려웠다.

다른 사람들에게 한 짓을 내게 그대로 할지도.

"오, 하늘이시여, 절 도우소서." 그렇게 중얼거리고 있는데 그때 문득 머릿속에서 엄마의 목소리가 들려오는 듯했다. *에놀라, 넌 혼자서도 아주 잘 해낼 거야. 그러니 생각을 좀 하렴.*

고로, 비록 공황 상태이긴 했지만, 난 이런저런 아이디어를 떠올려봤다. 좀 외설스럽긴 해도 혹시 뱀이 허물을 벗듯 이 얼룩무늬 하녀복을 벗어 던져보면 어떨까? 그러니까 목을 할퀴어대는 이 풀 먹인 칼라며 손목을 긁어대는 소맷동, 그리고 나비 리본 모양으로 묶어 허리를 조여대는 앞치마 등, 매력 없고 불편하기만 한 이 하녀복을 벗어 던져보면 어떨까…… 모르긴 몰라도 이 앞치마 정도는 그렇게 할 수 있지 않을까?

하여 난 영리하긴커녕 도리어 멍청하게도 나비 리본을 풀기 위해 안간힘을 쓰기 시작했다. 우선 꼼짝도 하지 않는 어깨 아래로 늘어진 손이 허리에 닿지 않자, 허리끈을 잡고 앞치마 부분을 뒤로 돌려 나비 리본으로 묶은 부분이 내 앞으로 오도록 했다. 그러고는 눈으로 직접 볼 수도 없는 그 묶은 부분을 힘겹게 푼 뒤, 양손에 허리끈의 느슨해진 끝을 하나씩 쥐었다. 이때쯤 앞치마는 거의 내 발 — 가엾게도 달랑달랑 매달려 있는 발 — 에 걸려 있는 상태였다. 그런데 그때 무슨 충동에선지 난 무릎을 구부려 양발을 들어 올렸다. 그

149

러고는 두 발로 이리저리 더듬거리다 그 느슨해진 허리끈 위에 양발을 올려놓았다. 그렇게 난 자력으로 내 몸을 추켜올린다거나, 어떻게든 앞치마 끈을 이용해 아래로 내려갈 생각은 전혀 하지 않은 채 단지 내 발이 쉴 곳이 있어 다행이라 여기며 잠시 그 끈에 발을 올려놓았다. 하지만 갈수록 양발의 무게가 그 끈을 지탱하던 양팔을 짓눌러오더니……

다음 순간 끼어 있던 몸이 스르륵 풀리는가 싶더니 그때부터 난 경악스럽게도 그 칠흑 같은 어둠 속으로 끝없이 곤두박질치기 시작했다. 순간 숨을 훅 들이마실 때 나오는 괴성 같은 헉 소리를 내며 손에 쥐었던 앞치마를 떨어뜨렸다. 나는 추락을 늦추기 위해 이 감옥 같은 금속 투입로의 양옆에다 팔꿈치와 무릎을 바짝 대고 힘껏 버텼다. 하지만 별 소용은 없었다. 그 와중에 원래 있던 더 큰 세탁물 투입로로 돌아가려고도 해봤으나 거추장스러운 신발을 부딪치며 쿵 하는 소음만 더했을 뿐이다. 그런데 그때 나도 모르게 엉덩이부터 주저앉게 되었고, 다음 순간 앞치마가 떨어진 위쪽으로 벌러덩 드러눕게 되어서는 다시 한번 금속 비탈을 내려가는 미개한 터보건(흔히 앞쪽이 위로 구부러진 좁고 길게 생긴 썰매-역주)처럼 등을 대고 거침없이 미끄러져 내려가기 시작했다. 하지만 그나마 다행인 건 더는 머리부터 닿지 않았단 사실이다! 하여간 이젠 어디를 가든 내 발이 먼저 닿을 것이었다.

그렇게 이 운명을 체념하고 거의 받아들이려는 찰나, 또 다른 운명이 날 기다리고 있었다. 세탁물 투입로가 날 가파른 내리막, 그러니까 거의 수직으로 내리꽂는 내리막으로 내던진 가운데 더는 그 아래로 아무것도 보이지 않았던 것이다. 순간 이렇게 비명을 내지르지 않고 참기만 했다간 점점 몸이 부풀어 올라 언젠가 폭발할지도 모른다는 어이없는 상상을 하면서 난 그 텅 빈 검은색 허공 속으로 추락했다. 다행히도 그 시간은 매우 짧았다. 다음 순간 난 운 좋게도 털끝 하나 다치지 않은 몸으로 부드럽고 푹신한 무언가에 안전하게 착지했다. 그런데 그때 훅 풍겨오는 뚜렷한 악취로 보아 그건 더러운 세탁물이 확실했다. 우웩! 그래도, 인정컨대, 감사하게도, 비록 악취는 나도 이젠 천으로 된 둥지에 누워 있었다.

난 한동안 더 그러고 있을 뻔했다. 그러니까 잠시 후 문 열리는 소리가 들리고 위쪽에서 새어 나오는 한 줄기의 빛 ─ 칠흑 같은 어둠 속에 있다 보니 그 순간 내 눈을 너무나도 부시게 한 빛 ─ 이 보이지 않았다면 말이다. 보아하니 위쪽은 지하실 계단이었다. 난 거기에 앉아 멍하니 둘러보다 이곳이 지하실이란 걸 깨

닫고 거대한 빨래통의 가장자리를 응시했다.

"보일러 스팀 소리 같더니 정말 그랬군." 한 남자의 목소리가 들려왔고, 아래로 내려오는 한 명 이상의 발소리도 들려왔다.

나는 즉시 머리를 숙인 채 가급적 내 몸의 대체적인 부위, 특히 발과 손, 얼굴을 잘 가렸는지 확인하면서 조용히 그 더러운 세탁물 더미 속으로 파고들었다. 그 악취 나는 세탁물로 인해 자연히 코가 찡그려졌다. 내 검은색 스커트가 조금 밖으로 튀어나오긴 했지만 상관없었다. 어차피 이 또한 세탁물이 아닌가? 그렇게 난 거기서 쥐 죽은 듯 꼼짝도 않고 있었다.

"온수기엔 문제없네요." 또 다른 남자가 말했다. 온수기를 검사하기 위해 랜턴이나 촛불을 들고 왔을 테지만, 주변을 볼 수 없는 나로선 뭘 들었는지 알 수 없었다.

"세탁부가 열어놓고 간 세탁기 뚜껑이 닫힌 모양인데," 목소리가 거만한 걸 보니 틀림없이 집사의 목소리였다. "아니면 난로 위에서 납작한 다리미 같은 게 덜컹거렸던지."

152

"저절로요?" 첫 번째 목소리가 말했다. 아마도 하인의 목소리인 듯했다. "그 아까 봤다던 몰래 들어온 여자애가 여기 있다면요?"

"이미 처리됐다면?" 집사가 쌀쌀맞게 말했다. "유스타스 경 눈 밖에 나지 않으려면 괜히 이상한 소리를 들었답시고 집요하게 캐묻지 말게. 자, 따라오라고. 난 아직 할 일이 남았어."

틀림없이 다른 두 사람도 집사의 말에 동의한 듯했다. 세 사람이 모두 터벅터벅 계단을 올라가는 소리에 이어 문 닫히는 소리가 들려오는 걸 보니 그랬다.

잠시 후, 빨래 더미에 숨어 있다가 나온 난 다시 어둠과 맞닥뜨렸다. 그러니까 집사가 내뱉은 말이 있어선지 어딘가 살벌함이 느껴지는 그 어둠 말이다. 난 뭐가 됐든 간에 유스타스 경이 날 위해 예비해둔 그런 방식대로 처리되고 싶진 않았다.

하얀색 앞치마와 모자는 이미 사라진 지 오래였다. 하얀색 옷깃과 소맷동도 떨려 나가긴 마찬가지였다. 그렇게 하녀복에서 하얀색을 다 걷어내고 나니 내 몰골은 그야말로 밤과 같은 칠흑 그 자체였다. 문득 거추장스럽고 무거운 신발을 벗어버릴까 생각도 했지만, 뛰어야 할 경우를 대비해 필요할 듯했다. 양말만 신은 채로 뛰어나갔다간 눈물겨울 만치 느려 터질 게 뻔했기 때문이다.

난 두려움 가운데 슬그머니 빨래통 밖으로 기어 나와 두꺼운 널빤지 재질의 마루에 서서 캄캄한 주변을 둘러보았다. 아, 그래도 완전 캄캄한 건 아니었다! 다리미들을 달구는 주철 난로들의 불판 입구 주변으로 희미하게나마 새빨간 불빛이 뿜어져 나오는 게 보였기 때문이다. 그것 말고도 다리미판과 석탄통, 세면대, 빨래 짜는 기구는 물론, 다림질에 앞서 물을 뿌려 젖은 통나무처럼 돌돌 말아놓은 깨끗한 침대 시트, 식탁보, 베갯잇이 담긴 바구니, 그리고 세탁기 — 가장 흥미로운 물건 — 가 희미하게 보였다. 전에는 본 적 없는 물건들이라 자세히 살펴볼 요량으로 살며시 다가갔다. 아, 빌어먹을 투박한 신발! 막상 다가가 보니 궁금증은 금세 풀렸다. 그 현대식 장치는 아래쪽에 노를 연결한 긴 자루가 뚜껑까지 삐죽 나와 있는 나무통에 불과했고, 그 위엔 노를 돌리기 위한 L자형 손잡이가 달려 있었다. 음, 노를 돌리는 게 쉽진 않을 터인데. 아마 세탁부들은 평소 황소 같은 힘을 연마해둔 모양이었다.

아침에 괜히 세탁부나 요리사를 마주치지 않으려면 얼른 지하실에서 나와야 했다.

그때 계단 꼭대기의 문 주변으로 불빛이 보였다. 하지만 거기로 갈 순 없었다. 아직도 의심 중인 집사가 거기 있을 터였다. 여기선 조금 더 밝은 불빛, 그러니까 안개 긴 런던 밤의 희미한 불빛도 보였다. 하지만 그 불빛은 저 높은 벽면의 아주 작은 창문에서 새어 나오는 불빛이었다. 뭐랄까, 나로선 저 뜨거운 난로들 위로 올라타도 닿을 수 없는 높이라고나 할까. 어쨌든 뜨거운 난로 위에 올라탄다는 것도 뭐 현명한 방법은 아니지 않은가. 순간 심장이 검은 새장을 벗어나려는 검은 새의 날갯짓처럼 다소 거칠게 방망이질 치기 시작했다. 이제 내가 아직 살펴보지 않은 지하실의 유일한 부분은 저기 저, 그러니까 어떤 연유에선지 칸막이로 구분해놓은 한쪽 구석뿐이었다.

나는 한 발 한 발 최대한 살금살금 움직여 어디에도 부딪치지 않도록 각별히 조심하면서 그쪽으로 걸어간 뒤 나무판자로 된 벽을 따라 더듬더듬 입구를 찾아 안을 들여다봤다. 하지만 보이는 거라곤 아무것도 없었다. 그저 그 안은 유스타스 경의 영혼만큼이나 어두컴컴할 뿐이었다.

심장이 방망이질할 만큼 절박하다 보니 궁여지책이 절실했다. 그때 문득 난로들 근처에 있던 불쏘시개 상자를 더듬거리다가 긴 나뭇조각 하나가 눈에 띄었다. 나는 최대한 조용히 하려고 애쓰며 — 물론 그다지 성공은 못 했지만 — 난로 뚜껑을 들어 올린 뒤 아래쪽 뜨거운 불씨 속으로 나뭇조각을 밀어 넣고 그 끝에 불을 붙였다. 다음으론 나뭇조각을 꺼낸 뒤 다시 난로

155

뚜껑을 제자리에 올려놓았다. 그때, 나름 부드럽게 다루려 노력했음에도, 주철이 서로 부딪히며 철커덕 소리를 냈다. 그래도 낭비할 시간 따윈 없었다. 난 임시로 만든 횃불을 촛불처럼 들고는 아까 그 구석에 있던 수수께끼 같은 물건을 살펴보러 정신 나간 사람처럼 질질 끄는 발로 서둘러 걸어갔다.

그것은 바로 석탄 궤였다. 응당 석탄이 산더미처럼 쌓여 있는 석탄 궤! 그런데 그 궤의 맨 위쪽을 보니 기묘한 이중문이 하나 나 있었다. 그래, 이 구멍은 마차에서 석탄을 운반하기 위해 낸 구멍이자, 마구간으로 이어지는 구멍이어야 했다! 아니, 난 가쁜 숨을 몰아쉬며 그러기를 간절히 바랐다.

나는 기쁜 맘으로 서둘러 석탄 더미에 기어 올라가 (안쪽에 걸쇠가 걸려 있는) 그 이중문의 걸쇠를 풀고 문을 활짝 열었다.

그럼 그렇지! 순간 그 문이 이끄는 바깥의 상쾌하고 차가운 공기 내음이 몸에 확 와 닿았다. 하지만 바람만큼 일이 간단하진 않았다. 내가 맞닥뜨린 곳은 석탄 투입로였기 때문이다.

그래도 거기로는 오를 수가 있었다. 그 투입로는 내몸이 들어갈 만큼 충분히 컸기 때문이다.

다만 상당히 지저분했다.

나는 다 타버린 나뭇조각에 남은 불씨를 끈 뒤 칠흑 같은 어둠 가운데 석탄 더미 위에 우뚝 섰다. 그러고는 석탄 투입로로 기어 올라갈 경우 낳게 될 결과를 떠올려봤다. 물론 한숨이 나왔다. 그래도 난 미소를 잃지 않고 하려던 일을 계속했다.

난 선천적이진 않아도 습관적인 야행성 동물이었다. 그런데 그건 셜록 오빠도 마찬가지였다. 일전에 오빠의 친구 왓슨 박사의 일기에 따르면 그랬다. 비록 온몸은 석탄 가루로 얼룩덜룩했지만, 난 알리스테어 저택의 석탄 투입로를 기어올라 성공적으로 바깥에 우뚝 몸을 드러냈다. 그 무렵 주변이 고요한 걸 보니 분명 시간이 꽤 지난 듯했다. 그래도 난 셜록 오빠와 급히 나눌 이야기가 있었다.

고로 이륜마차도 다니지 않던 그 길거리를 난 그 부적절한 신발을 신은 채 따가닥따가닥 소리를 내며 돌아다녔다. 하지만 더는 소리가 문제 될 건 없었다. 비로소 자유로운 몸이 되었기 때문이다! 그렇게 신이 나후다닥 움직이며 전속력을 내보기도 하고, 성큼성큼 걷는 듯 뛰어보기도 하던 난 날아갈 듯 기쁜 심정으로 거기까지 *달려갔다.* 물론 뛰는 데 환장한 나이기도 했지만, 누가 볼 때는 뛸 수가 없기에 더더욱 그렇게 했다. 이건 참 어리석은 이유인데, 본데 있게 자란 여성이라면 어디를 가든 천천히 걸어야 했고, 공공장소에서 팔다리를 쭉쭉 뻗는 일 따윈 절대 할 수 없었다! 하지만 지금은 아무리 뻔뻔스럽게 내 두 발로 맘껏 활보한다 한들 보는 사람 따윈 없었다. 그래도 혹시 누군가 이 한밤중에 온통 석탄 가루를 뒤집어쓴 날 봤다면, 그러니까 내 시커먼 드레스만큼이나 시커먼 몰골을 한 채 질주하고 있는 날 봤다면, 아마 대번에 유령으로 오인했을 터다.

어느덧 난 눈 깜짝할 사이에 베이커가 221번지 앞 인도에 멈춰 섰다. 셜록 오빠 숙소의 내닫이창을 올려다보니 가스등이 환하게 켜져 있었다. 아직 오빠는 깨어 있었다. 아마도 밤새도록 화학실험 같은 걸 하는 모양이었다. 분명 오빠의 상냥한 집주인 허드슨 부인은 깊이 잠들어 있을 터였다. 고로 난 행여나 부인에게 방해가 될세라 벨을 울리지 않았다. 특히 내 도깨비 같은 몰골에 냅다 비명이라도 내지를세라 더더욱 그러지 않았다. 그 대신 난 잰걸음으로 뒷마당으로 가서 버즘나무로 기어 올라갔다. 그러고는 부엌의 돌출된 지붕 위로 올라가 셜록 오빠의 침실 창가에 쪼그리고 앉은 뒤 재빨리 창문을 두드렸다.

그런데 그때 내가 두드린 창문 소리에 맞장구라도

치듯 웬 감탄 소리와 함께 유리 깨지는 소리가 들려왔다. 그러고는 곧바로 침실 문이 열렸다. 거실 너머로 새어 나온 불빛 속엔 가운 차림에 촛불을 들고 있는 셜록 오빠가 보였다. 창문 유리에 비친 불빛으로 인해 아마 오빠는 날 제대로 못 본 듯했다. "거기 누구요?"라고 묻는 걸 보니 그랬다.

"에놀라예요."

창문 쪽으로 성큼성큼 걸어온 오빠가 창문을 활짝 열고는 눈썹을 살짝 치켜올린 채 위아래로 날 훑어보며 서 있었다. "웬일로 노크를 다 하다니 황송할 지경이구나." 오빠가 말했다. "지난번엔 잘도 그냥 들어오더니만. 근데 넌 무슨 굴뚝 청소라도 하고 온 거니?"

"알리스테어 집에서 나오려고 석탄 투입로로 기어 올라갔었거든요."

"으이구, 오죽하겠니." 오빠의 목소리에 익살이 살짝 묻어났다.

"레이디 테오도라와 이야기를 좀 하러 갔었어요. 그녀의 건강에 관한 소문은 다 헛소문이더군요. 비록 무자비한 내실에 갇혀 있긴 했지만 쇠약한 상태도, 병든 상태도, 심지어 임종 직전의 상태도 아니었어요."

159

"그 정도의 일로 내가 실험을 중단할 필요는 없어 보이는구나."

"그게 다가 아니에요. 좀 들어가도 될까요?"

"막무가내가 따로 없구나, 에놀라! 그 꾀죄죄한 몰골로 말이니! 네 그 석탄 가루로 카펫과 가구가 엉망이 되겠구나!" 하지만 난 오빠의 목소리에 유쾌한 웃음이 배어 있는 걸 느꼈다. 이러니저러니 해도 오빠야말로 자신의 거실 벽면을 빅토리아 여왕의 이니셜을 새긴 총알 자국으로 장식한 남자가 아니던가. 그렇게 옆으로 비켜선 셜록 홈즈는 허리를 굽혀 인사한 후 정중한 환대의 몸짓으로 한 팔을 뻗어 뒷창문이 현관문이라도 되듯 날 안으로 인도했다.

13장

셜록의 주전자엔 차가워진 물이 꽤 남아 있어 난 얼굴
과 손을 깨끗이 씻을 수 있었다. 다만 오빠의 세면대
는 개탄스럽게도 난장판이 되었다. 그 후 오빠네 거실
한 귀퉁이에 버려진 신문 뭉치를 발견한 난 그나마 거
기서 앉을 만한 유일한 의자의 덮개 위에 미리 신문지
를 깔아놓았다. 과학 실험용 테이블 의자에 앉아 있는
오빠의 모습은 영락없이 긴 다리의 커다란 새가 따로
없었다.

　오빠가 그 크고 뾰족한 코를 내 쪽으로 고정시키며
말했다. "레이디 테오도라가 건강하다니 정말 다행이
구나. 하지만 네가 이 시간에 이 골골로 여길 온 데는
뭔가 딴 이유가 있을 것 같은데."

　어깨에 붙은 석탄 가루로 자욱한 먼지를 일으키며

내가 어깨를 으쓱해 보였다. "아직 레이디 세실리를 찾지 못한 건지 알고 싶어서요."

"오늘 밤 세실리가 라고스틴 박사 집 근처로 온다면야 꽤 찾을 만하지."

역시 내가 생각한 대로였다. 오빠는 자신의 베이커가 특공대를 투입해 그녀를 감시하고 있었다. 내가 아침까지 기다리지 않고 오빠를 바로 찾아온 것도 왠지 오늘 밤이라도 레이디 세실리를 찾을 것 같은 기대감에서였다. 고로 난 오빠가 세실리를 그 감옥 같은 집으로 돌려보내지 않도록 설득해야 했다. 적어도 당장은.

"셜록 오빠," 내가 물었다. "오빠도 유스타스 알리스테어 경이 최악의 불량배이자 가정 폭군이라는 말에 동의하시나요?"

"아마도. 그렇지만, 에놀라, 법이란 게 말이다……."

법은 마치 세실리가 애완용 앵무새라도 되는 양 유스타스 경에게 딸에 대한 가정 폭력을 멋대로 행사할 수 있는 권한을 부여했다. 내가 끼어들었다. "제겐 유스타스 경이 불한당에 무자비한 악당이자 심지어 범죄자라는 걸 믿을 만한 근거가 있어요."

비록 그때 내 영리한 오빠가 의자 등받이에 등을 기댄 채 손가락을 뾰족탑처럼 세우고 눈을 감지는 않았지만, 난 내가 오빠의 관심을 사로잡은 걸 알 수 있었다.

"그자는 신분 상승에 혈안이 돼 있어요," 내가 계속해서 말했다. "그래서 재산을 탕진할 정도로 돈을 흥청망청 써왔죠. 그나마 망하지 않은 건 죽은 하인들의 시신을 해부실에 팔거나 이따금 틀니라든가 가발로 쓸 이빨과 머리카락을 팔면서 수년을 버텨왔기 때문이에요."

"그렇군." 셜록이 졸려오는 듯 눈을 반쯤 감은 채 중얼거렸다. 하지만 눈꺼풀 아래로 반짝이는 오빠의 회색 눈은 흡사 칼날 같기도 하고, 외과 의사의 메스 같기도 했다. 감옥이 제공할 수 있는 시신보다 더 많은 시신을 원했던 이들은 바로 의대생들이었다. 또한 자신들이 해부하는 시신이 '버킹'이란 범죄 전문 기법으로 몸에 상흔 하나 없이 살해된 시신이란 걸 알기에 (아무리 빡빡머리에 이빨이 없을지라도) 이의 없이 그 여분의 시신에 후한 값을 쳐준 이들 또한 의대생들이었다.

친애하는 독자는 아무리 유스타스 경의 하인들이 자연사했다고 한들 그 시신들을 그렇게 처리한 사실이 얼마나 엄청난 추문이 될 수 있는지를 이해해야 한다. 관례상 주인은 하인들에게 제대로 된 장례를 치러줘야 했다. 그런데 시신의 부활에 관한 종교적 비난은 둘째치고 남의 몸과 머리카락, 치아를 멋대로 기증한 것도 모자라 낯선 자들의 해부실에서 벌거벗겨진 채 난도질당하게 하다니 이 얼마나 소름 끼치는 일인가.

그때 셜록이 내 말을 뚝 끊었다. 오, 저런, 욕심도 과하면 화를 부르는 법. 오빠가 더는 못 참겠다는 듯 날 쳐다보며 말했다. "그걸 증명할 정보, 정보 말이다, 에놀라! 그런 정보 없인 사건이 성립되지 않아."

"제겐 세 희생자의 이름이 있어요." 난 그들의 이름을 떠올리려고 노력하며 단언하듯 말했다. "필리스가 알려줬어요." 하지만 순간 속이 메스껍고 가슴이 철렁 내려앉으면서 왠지 지연전술을 써야 할 것 같은 느낌이 들었다. 마치 세탁실 어딘가에 떨어뜨리기라도 한 듯 그 이름들이 하나도 떠오르지 않았기 때문이다. "필리스는 오빠에게 레이디 테오도라의 메시지를 전해준 하녀 이름이에요."

"그래서 세 희생자의 이름이 뭐냐고?" 셜록이 다소 거칠게 말했다.

"곧 기억날 거예요."

"에놀라, 증거도 없이 유스타스 경에게 버킹의 혐의를 씌울 순 없어!"

164

"버킹의 혐의를 씌운 게 아니고요. 전 단지…… 오, 맞아요, 버크!" 문득 더할 나위 없는 행복한 안도감이 밀려왔다. 비록 꼭두새벽에 석탄 먼지를 뒤집어쓴 꾀죄죄한 몰골로 신문지 위에 앉아 있지만 말이다. "첫 번째 희생자는 티머시 버크라는 하인이었어요. 그는 자연사한 듯해요. 그런데 여기서 의문점은 과연 유스타스 경이 그 시신을 어떻게 처리했냐 하는 점이에요. 다음은 위층 하녀인 이머전 손더스예요." 일단 한 이름이 떠오르자 다른 이름들도 연거푸 떠올랐다. "그다음은 심스라는 마부였어요. 필리스가 더 많은 이름을 말해줄지도 모르는 참이었는데 유스타스 경이 곧 들이닥칠 기세였던 터라 전 세탁물 투입로를 통해 탈출할 수밖에 없었죠."

"저런." 셜록이 마치 꿩 사냥을 나온 지주의 원기 왕성한 허세라도 흉내 내듯 말했다. "그 투입로로 잘도 내려왔구나. 참 잘한 일이야."

"제 말이요." 난 오빠처럼 무표정한 얼굴로 맞장구쳤다. "제 노력이 헛되지 않으면 좋겠어요." 그러고는 덧붙였다. "그래서 말인데요, 셜록 오빠, 만약 레디 세실리를 찾게 된다면 말이죠, 혹시 그녀가 처한 운명에 오빠도 관심을 가질 만큼 제 말에 어느 정도 수긍이 되셨나요?"

순간 오빠가 경직되었다. "난 남 말에 쉽사리 수긍하는 사람이 아니란다."

165

"그렇담 '수긍'이란 표현은 잘못된 것 같네요. 그냥 전 오빠가 이 상황을 좀 추론해봤으면 좋겠어요. 세실리의 아버지는 딸을 학대하는 경향이 있어요. 그러니 그녀가 아버지에게 돌아갈 때는 자신을 방어할 만큼 강한 뭔가를 갖춰야 하지 않겠어요? 사실 전 이 문제에 대해 오빠의 도움을 요청하러 왔어요. 그러니 뭔가 방안을 마련할 때까진 레이디 세실리를 집으로 돌려보내지 말아주세요. 유스타스 경이 부끄러운 일을 저질렀다는 증거만 찾게 된다면, 우리는 세실리를 강력한 무기로 무장시킬 수 있을 거예요."

"레이디 세실리가 유스타스 경을 협박할 수 있도록 해주겠단 말이니?" 셜록이 한결같이 부드러우면서도 곤란해하는 어조로 말했다. "넌 내가 협박을 혐오한다는 걸 알아야 해."

"하지만 대의를 위해서라면……?"

순간 내 간청은 잠시 중단되었다. 놀랍게도 그 순간 누군가가 내가 했던 그대로 뒷창문을 부드럽게 두드렸기 때문이다.

잠시 후, 셜록은 새로 온 사람의 어깨에 손을 얹고 돌아왔다. 맨발의 꾀죄죄한 그 소년은 자신의 덥수룩한 머리카락을 덮기 위한 볼품없는 모자에 길거리 부랑아나 입는 대충 만든 얼룩덜룩한 옷을 입고 있었다.

"……찾았어요, 홈즈 씨, 전에 얘기하셨던 바로 거기

에서요!" 소년이 재잘거렸다. "틀림없이, 홈즈 씨가 보여준 그 사진 속 사람이었어요. 심지어 꽤 헐렁한 옷과 숄을 걸친 차림도 똑같더라고요. 우리 모두 그녀를 봤어요. 그런데 그때 토끼 굴의 토끼처럼 웅크리더니 이내 사라져버렸어요. 이제 어찌해야 할지……."

소년이 날 보자 한바탕 퍼붓던 말수가 줄어들더니 무례하기 짝이 없는 태도로 날 응시했다. 난 괜히 자극할세라 그 아이를 노려보지 말자고 스스로 주문을 걸었다.

셜록이 소년의 주의를 자기에게 돌리기 위해 그의 어깨를 잡고 돌려세웠다. "정확히 어디로 사라졌지?"

"그니까, 감시하라던 그 집이었어요, 홈즈 씨! 그녀가 그 집의 옆쪽으로 들어갔는데 그 후 집의 앞쪽, 뒤쪽 어디로도 나오지 않았어요. 지금은 두 쪽 다 감시하는 중이고요."

"좋았어, 위긴스. 수고했어." 셜록이 잡았던 어깨를 놓아주며 그에게 동전 몇 개를 건넸다. "이제 길모퉁이로 가서 이륜마차 좀 불러다오." 셜록은 소년이 늘 다니던 경로로 아파트에서 나가 계단을 내려간 뒤 오빠가 열쇠를 갖고 있는 현관문을 통해 나가는 모습을 지켜보았다. 그러고는 나를 지나쳐 다시 침실 쪽으로 성큼성큼 걸어가며 말했다. "옷을 좀 입어야겠구나."

"라고스틴 박사의 집에 가려고요?"

"그래, 그 가공인물의 집으로 서둘러 갈 참이다."

"저도 같이 갈래요."

"당치 않은 소리 마라, 에놀라." 오빠가 침실 문을 쾅 닫고 들어가며 말했다.

난 괜히 침실 문 너머로 오빠에게 냅다 소리를 지르기보다 오빠가 나올 때까지 기다렸다. 오빠는 순식간에 흠잡을 데 없는 옷과 조끼 등을 갖춰 입고 나왔다.

"저도 같이 갈래요." 내가 반복해서 말했다.

"난 혼자 일한단다, 에놀라!"

"혼자라도 왓슨은 끼워주잖아요?"

"왓슨은 너만큼 성가신 존재가 아니란다."

"물론 제가 왓슨 같은 샌님은 아니지만. 혹시 제가 정보라도 누설할까봐 이러는 건가요?"

순간 오빠의 눈썹이 치켜 올라갔지만, 오빠가 대답하기도 전에 우리 두 사람의 귀에 현관문 열리는 소리가 들려왔다. 나는 벌떡 일어나 아래층으로 달려갔고 — 때마침 위로 올라오던 위긴스와 마주친 가운데 — 발을 딛는 곳마다 석탄 가루를 흩뿌리고 다니며 오빠에 앞서 이륜마차에 올라탔다.

그때 바로 뒤에서 셜록 오빠가 지시하듯 말했다. "내리거라."

"어서 타요." 내가 쏘아붙였다. "저한테 열쇠가 있잖아요. 저 없이 제 집에는 어떻게 들어가려고 그래요? 그동안 걸핏하면 빈집털이범처럼 들락날락한 걸 자백이라도 할 참인가요?"

계획이 좌절된 오빠는 난처한 얼굴로 옆 인도에 섰고, 난 서 있는 오빠의 키와 거의 같은 높이의 앞좌석에 앉았다. 순간 우리의 눈이 마주쳤다. 짜증도 나고 간청도 해야겠고 여러 서운한 마음도 올라왔지만 거기서 벗어나려고 애썼다.

"나와 함께하려는 거니, 아니면 날 막으려는 거니?" 셜록이 자제하는 듯한 목소리로 물었다.

"그건 오빠의 행동에 달렸죠. 하지만 무엇보다도," 내가 덧붙였다. "제가 이러는 건 세실리를 만나고 싶어서예요. 우린 아직 제대로 이야기할 기회도 없었거든요."

이 말에 누그러진 건지 여자들은 정말 못 말리겠다는 듯 오빠가 눈동자를 굴렸다. 비록 가로등 및 마차 등불의 희미한 불빛으론 오빠의 표정이 잘 보이지 않았지만, 귀로는 안타까워 한숨짓는 목소리가 도드라지게 들려왔다. 오빠는 마부에게 주소를 알려준 뒤 내 옆에 앉기 위해 올라탔다. 말이 출발하자 우리를 태운 마차가 덜컹거리며 달려 나갔다.

비록 마차는 형편없이 덜컹거렸지만 난 머리를 젖히고 눈을 감은 채 쉬는 척했다. 당시로선 오빠를 혼자 두는 게 최선인 듯했기 때문이다. 하지만 자는 척하던 난 어느새 진짜로 잠이 들었다. 아무래도 생각보다 피곤했던 모양이다. 그런데 처음엔 떠들썩한 갈매기 떼 소리인 줄 알고 잠에서 깨어 당황한 채 눈을 깜빡이며 앉아 있었는데, 알고 보니 목적지 앞에 멈춰선 마차 주위로 떼 지어 몰려온 셜록 오빠의 베이커가 특공대가 와자지껄 떠들어대는 소리였다. "내가 가장 먼저 봤어!" "어둠 속에서 여우처럼 몸을 웅크리고 있더니……." "내 친구들과 난 뒤에 숨어 있었어." "그런데 참 허망하게 되어버렸어." "그러더니 그녀가 사라졌어, 마치……."

그때 마차에서 내린 셜록이 자애로운 손짓과 호주머니 지갑으로 소동을 잠재웠다. "수고했어. 여기 급료들 받아 가고 이만 해산해." 오빠가 구리 동전을 나누어주자 그 동전을 받은 부랑아들이 하나둘 눈앞에서 사라졌다.

그사이 난 마차에서 내려 인파를 빠져나왔다. 물론 난 집 모퉁이를 빙 돌아 비밀문으로 들어가는 길을 오빠에게 알려주지 않았다. 어차피 오빠도 이미 알고 있을 터였기 때문이다. 난 거리를 등진 채 현관문 열쇠를 찾으려고 내 몸을 뒤졌고, 셜록 오빠가 내 뒤에 다다를 때쯤 열쇠를 찾았다.

"불편하지 않나?" 오빠가 중얼거리듯 말했다. "왜 여자들은 주머니를 안 쓰지?"

우리도 가끔은 주머니를 썼다. 하지만 오빠의 혼잣말에 이렇게 화답하기보단 현관문 자물쇠에 꽂은 열쇠를 돌려 문을 연 다음 바로 불을 켰다. 순간 분명한 위험을 감지했기 때문이다. 그러니까 그건 우리 인기척을 들은 누군가가 잠에서 깨어 나팔총을 들고 달려와 우리가 도둑이 아니라는 걸 파악하기도 전에 쏴버릴 것 같은 그런 위험이었다.

"넌 항상 날 놀래키는 구나, 에놀라." 셜록이 딱딱하게 낄낄거리며 말했다. "네 꾀죄죄한 미모를 드러내고 싶어 안달이라도 난 거니?"

아니, 난 딱히 눈에 띄고 싶지 않았다. 하지만 오빠의 말을 인정하기보단 오빠를 향해 인상을 찌푸리고는 쉿 하며 입에 손가락을 댄 뒤 내 사무실로 가는 문을 살며시 열었다. 그다음 불은 켜지 않은 채 그저 앞방의 열린 문틈을 통해 한 줄기 빛이 새어 나오도록 했다. 세실리를 보기 전인데도, 난 그녀가 이곳에 있다는 걸 감지할 수 있었다. 마치 우리 사이에 자매끼리의 끈끈한 감정이 있기라도 한 듯 말이다.

숄을 두른 채 대형 소파에 깊이 잠들어 있는 그녀는
여위고 창백한 모습이었다.

14장

몇 시간 후 햇살이 빛나는 아침, 잠에서 깬 세실리는 자신을 내려다보며 웃고 있는 날 발견했다.

세실리가 자는 동안 난 비밀방에서 끔찍한 검은 드레스를 벗어버린 뒤 그곳에 미리 보관해둔 물이 동날 때까지 최선을 다해 몸을 닦았다. 그러고는 머리카락도 석탄 가루를 떼어낼 참으로 계속해서 빗었다. 하지만 머리의 석탄 가루는 빗으면 빗을수록 더 고르게 퍼질 뿐이었다. 하는 수 없이 난 최대한 머리를 땋아 정수리까지 올린 뒤 손거울로 들여다보며 — 당혹감에 움찔 놀라면서도 — 마치 터번처럼 머리에 인디언 페이즐리(깃털이 휘어진 모양의 무늬-역주) 무늬의 프린트 코튼을 휘감아 머리카락을 감추었다. 내 벽돌색 드레스의 주름장식 위로 프린트 코튼의 끝이 축 늘어진 모

173

습은 뭐랄까 꽤 대담해 보였다.

한편 셜록은 안락의자에 앉아 레이디 세실리를 지켜보았다. 가출한 그녀를 깨워 집으로 데려다주기보단 그냥 자도록 둔 것이다. 오빠 딴엔 나름의 관대함을 드러낸 결정인 듯했다. 하지만 오빠는 그녀를 내게 맡길 만큼 날 믿진 않았다.

잠에서 깬 세실리가 처음 본 사람은 오빠가 아닌 나였다. 그녀는 반가운 탄성을 지르며 일어나 날 껴안았다. "에놀라!"

"몇 시간 전에 당신의 어머니를 뵈었어요." 나 또한 세실리를 얼싸안으며 말했다. "어머니는 아주 건강하세요."

"오, 고마워요! 너무 걱정했었거든요." 그녀는 거의 흐느껴 울었고, 난 내 품에 안겨 우는 바로 그런 모습이 오른손잡이일 때 세실리의 성격이란 걸 감지했다. "실은 운 없게도 전에 함께 자전거를 타던 소녀들을 만나는 바람에 하마터면 그들 손에 이끌려 집으로 돌아갈 뻔했어요. 그들 말로는 지금 어머니가 저뿐 아니라 제 남동생과 여동생에 대한 걱정으로 몸져누웠다고 하더군요. 동생들과 떨어져 있다는 건 어머니껜 고문이에요…… 아직도 어머니가 저처럼 무력하게 방에 갇힌 채……."

"겉보기엔 그리 보였을 수도 있겠네요." 설교 투로 말하는 셜록의 목소리가 들려왔다. 그 말에 세실리는 움찔하며 거의 비명을 내지를 뻔했다. 그때까지도 오빠가 거기 있다는 사실을 몰랐기에 소스라치게 놀랐던 것이다. 하지만 셜록 오빠는 차분하게 말을 이어갔다. "하지만 실제론 그렇지 않아요. 당신 어머니가 정말 무력한 상태였다면 딸을 찾아달라고 애원하는 메시지를 제게 보냈을 리도 없겠죠."

"필리스가 오빠에게 메시지를 남겼어요." 마치 겁먹은 말을 진정시키듯 내가 그녀를 쓰다듬으며 말했다. "당신의 어머니와 필리스에겐 예비 열쇠가 있어요. 오직 당신의 아버지만 두 사람이 자기 수중에 있다고 *믿고 있죠.*"

"하지만 둘에겐 진정한 자유가 없다는 걸 아시잖아요?" 내게서 몸을 뗀 뒤 대형 소파의 가장자리에 앉은 세실리가 셜록을 마주 보며 말했다. "제발 그곳으로 다시 데려가지 말아주세요." 그녀가 애원했다. "부탁이에요. 어머니께 제가 괜찮다는 편지를 전해주세요……."

"하지만 누가 봐도 괜찮지 않은걸요." 셜록이 손가락을 뾰족탑처럼 세우며 말했다. "마지막으로 끼니를 때운 게 언제죠? 이미 돈도 다 떨어지지 않았나요?"

"네, 다 떨어졌어요. 하지만 집으로 돌아가느니 차라리 길거리에서 굶는 게 나아요. 우리 아버지가 어떤 사람인지 아신다면…… 제발 이렇게 간청하니……."

"쯧쯧," 셜록이 손을 저으며 애써 그녀를 외면했다. 그러면서도 그녀를 진정시킬 요량인 듯 마지못해 시인하며 말했다. "전 아직 어찌할지 결정하지 못했어요. 그런데 에놀라에게서 제 주의를 끌 만한 몇 가지 흥미로운 얘기를 들었죠. 그래서 말인데요, 레이디 세실리, 몇 가지 질문을 좀 해도 될까요? 하지만 그 전에 먹을 걸 좀 주문하는 게 좋겠군요."

"아뇨, 너무 떨려서 못 먹겠어요." 정말로, 세실리는 긴장한 듯 눈에 띄게 몸을 떨며 말했다. "질문하시려던 게 뭐죠?"

"좋습니다. 혹시 하인이 불행한 죽음을 맞았을 때 아버지가 마련한 장례식에 관해 아는 게 있나요?"

그녀가 멍하니 눈을 깜빡이며 물었다. "뭐라고 하셨죠?"

"잠깐만요." 내가 오빠에게 말했다. 그러고는 책상으로 건너가 연필과 대형 인쇄용지를 가져왔다. "세실리, 오빠가 질문할 때 꼭 그림으로 답해줬으면 해요." 난 오빠의 독수리 같은 이마에 햇빛을 비추기 위해 블라인드를 올렸다. 오빠를 향해 똑바로 앉아 있던 세실리의 시선이 점점 강렬해졌다. 먼저 그녀는 왼손으로 가장 어두운색의 연필을 쥔 뒤 대담한 첫 획을 그었다. 그러고는 손이나 몸에 그 어떤 떨림의 흔적도 없이 진실하고 단호한 획으로 계속해서 그려나갔다.

"하인들이 죽으면," 내가 물었다. "어떻게 되는 건가요, 세실리?"

"아버지는 오텔리아 고모, 아퀼라 고모와 모종의 특별한 협약을 맺은 듯해요." 세실리는 말하면서도 계속 그려나갔다.

셜록이 물었다. "유스타스 경이 하인 세 명의 시체를 처리하는 그림인가요?"

처리라? 다소 대충 그렸지만 그런 듯했다. 그나저나 어느새 세실리는 더 이상 동요하지 않는 솔직 담백한 왼손잡이 숙녀가 되어 있었다.

"네, 아버지는 항상 그러셨어요, 제 기억으론요. 디프테리아가 유행할 때도 매우 바쁘셨고요."

"그럼 아버지는 죽은 하인들을 갖고 뭘 하는 거죠?"

"그건 몰라요. 여태 그런 걸 물어볼 호기심도 없었다니 저도 참 이상했네요!"

177

그리 이상할 건 없었다. 세실리를 고분고분한 오른손잡이에 벙어리 같은 존재로 길들인 건 바로 그들이었으니까.

"하지만 이제 생각해보니," 그녀가 말을 이었다. "지금껏 전 하인의 장례식에 한 번도 참석해본 적이 없네요. 아버지는 분명 무언가 손쉬운 방법을 찾으셨을 거예요."

"그러게요." 이렇게 말하고 나서 셜록은 잠시 세실리를 뚫어져라 쳐다보았다. "레이디 세실리," 마침내 오빠가 입을 열었다. "당신은 지금 왼손잡이로 보이는군요."

아직 그림을 완성하지 못한 세실리가 주춤거리며 멈춰 섰다. "전…… 전 몰랐어요."

"그림을 좀 봐도 될까요?" 셜록이 일어나 유스타스 경의 초상화를 보기 위해 다가오다 이내 깜짝 놀라 응시했다.

"오빠 제가 그림을 잘 그린다고 생각했죠?" 내가 오빠에게 농담조로 말했다.

"대단하구나! 예리하고, 강렬하고, 적나라한 피치를 보니 얼핏 남자가 그렸다고 해도 믿겠는걸."

"오빠, 그건 칭찬이 *아니에요*." 내가 신랄하게 꼬집어 말했다.

내 말 따윈 귓등으로도 듣지 않으며 오빠가 말했다. "레이디 세실리, 당신은 진정한 예술가군요."

하지만 그 칭찬은 그녀에게 당혹감만 안겨줄 뿐이었다. "이런 제 모습은 허용되지 않았어요……."

"이게 무슨 뜻인지 설명 좀 해주시겠어요?" 오빠가 조끼 주머니에서 종이쪽지를 꺼내 펼쳐 들며 물었다. 그 쪽지를 건넬 때 보니 그건 내가 오빠에게 준 쪽지, 그러니까 세실리가 왼손으로 쓴 암호가 적힌 쪽지였다. 추리컨대 결국 오빠는 그 암호를 해독해낸 듯했다. 가히 오빠의 연역적 추리 과정은 칭송할 만했다. 아울러 오빠는 그녀가 왼손을 쓰는 게 뭘 의미하는지도 이해하기 시작했다.

레이디 세실리가 속삭였다. "이건 제 품행이…… 단정치 못할 때 쓴 게 분명하네요."

"오, 친애하는 세실리, 본래 모습이 되는 건 품행이 단정치 못한 게 아니에요. 범죄 성향이 있는 게 아닌 한 말이죠. 설마 최근에 사람이라도 죽인 건가요?"

그 말에 세실리는 미소 지었고, 심지어 살짝 소리 내어 웃기도 했다. "아뇨."

"그럼 이제 에놀라는 우리 세 사람을 위한 아침 식사를 주문하기로 하고, 당신은 아침 식사를 그 왼손으로 들면 어떨까요?"

그사이 벨을 울리러 가며 생각해보니 오빠는 *아직 어찌할지 결정하지 못한 눈치*였다. 아니 한술 더 떠 오빠는 당장 행동으로 옮기지만 못했을 뿐 세실리를 그 불운한 가족에게 돌려보내야 한다고 여길 수도 있다.

왓슨의 글에 따르면 셜록 홈즈는 아침 식사나 다른 식사를 원할 사람이 아니었다. 그렇담 어쩌면 오빠가 정말로 원하는 건 그저 시간을 좀 버는 것일 수도 있다.

"아버지가 집에 안 계실 때면 우리는 얼씨구나 하고 세탁물 투입로에서 미끄럼을 타곤 하거든요." 내가 세실리한테 그 아버지에 관해 최근 발견한 사실에 이어 하마터면 세탁물 투입로에서 큰일이 날 뻔한 이야기를 전하자, 문득 그 생각에 얼굴이 밝아진 그녀가 말했다. "필리스는 당신이 괜찮을 걸 알고 그런 거예요." 이어서 베일리 부인이 사무실로 훌륭한 아침 식사를 내왔고, 세실리는 왼손에 포크를 쥐고 서툴지만 안정적으로 연신 버섯과 토스트를 집어 걸신들린 듯 먹어 치웠다. "그런데 어머니가 당신의 계획에 따르실까요?"

"어머니와 단둘이 길게 얘기할 기회는 없었어요. 제게 이름을 알려준 건 필리스였거든요."

"그렇게 얼버무리면 안 되지, 에놀라." 셜록이 꽤 상냥한 어조로 말했다. "레이디 테오도라는 그 일에 관여하고 싶어 하지 않았잖니?"

"당신 어머니는 가타부타 말이 없었어요."

오빠가 신중한 얼굴로 커피를 홀짝이며 말했다. "부인이 함께하든 안 하든 그건 중요한 게 아냐. 문제는 네 계획이 형편없이 허술하다는 거지."

"어째서요? 레이디 테오도라가 남편에게 맞설 담력이 없다면, 세실리가 유스타스 경에게 제 할 말을 하면 되죠. 아버지가 치과의사와 해부실에 시체를 팔았다는 걸 다 알고 있으며 그 행실이 나아지지 않으면 다 발설하겠노라고요."

셜록이 평소의 고고한 자세로 고개를 저었다. "그럼 유스타스 경은 어떤 증거가 있는지 물을 텐데, 세실리에게는 아무 증거도 없잖니. 설령 증거가 있다 해도, 유스타스 경은 다시 딸을 가둔 뒤 외부 침입에 대비해 활과 화살까지 동원해 감시하며 옴짝달싹하지 못하게 할 거다. 그건 안 될 말이지. 자고로 그런 거래엔 제삼자와 함께 일종의 협상 문서가 필요한 법이란다."

"그럼 오빠가 제삼자 역할을 해주면서 해당 문서를 마련해주면 안 되나요?"

"난 협박으로 내 손을 더럽힐 마음이 없다. 절대 그렇게는 안 해."

"이게 꼭 협박만은 아니죠." 내가 대꾸했다.

"저기요." 그때 세실리가 내 귀에 대고 중얼거렸다. "괜찮다면…… 화장실을 좀 써도 될까요?"

"물론이죠." 내가 벨을 울리자 웬일로 조디가 득달같이 나타났다. "손님을 부엌으로 안내하고," 내가 소년에게 지시했다. "베일리 부인에게 좀 도와달라고 해 줘." 화장실은 당연히 악취 때문에 집 바로 뒤쪽, 그러니까 그나마 집 밖으로 최대한 가깝게 두었다.

세실리가 걸어 나가는 모습을 보며 난 그녀가 진실된 자아인 왼손잡이 숙녀일 때 얼마나 똑바로 서 있는지, 그리고 얼마나 확신에 찬 모습으로 걷는지 감지했다. 순간 나도 모르게 웃음이 터져 나왔다. 화장실에 가려는 것도 모르고 그녀가 뭐라도 할 거라고 의심하고 있었으니 말이다.

세실리가 자리를 뜬 후, 난 오빠와의 논쟁에 다시 불을 붙였다. "꼭 협박만은 아니에요. 보통 말하는 그런 돈을 얻자는 게 아니니까요."

"그럼 따로 사는 동안 재정 지원만 받는다고? 아니면 레이디 세실리를 위한 정신과 의사의 비용을 받는다고?" 셜록이 완강히 고개를 설레설레했다. "세실리가 화장실에서 나오면 내가 데려가도록 하마." 그러고는 손을 들어 내 항의를 막는 제스처를 취한 뒤 말을 이었다. "약속하건대, 난 꼭 레이디 테오도라를 만날거고, 가능하다면 유스타스 경도 만나서 온 세상의 이목이 그에게 쏠려 있단 걸 각인시켜줄 거다."

"그럼 오빠가 떠나자마자 유스타스 경이 세실리를 침실에 가둘 거예요."

"그럴지도 모르지. 그래도 안 그러길 바란다. 하지만 에놀라, 네 계획이 그렇게 확고하다면 너 혼자서라도 추진해보지 그러니? 네가 계획대로 해낸다면 지금으로부터 몇 주나 몇 달 후면 효력이 생길 거고. 그 기간쯤은 틀림없이 레이디 세실리도 아버지를 버텨낼 수 있을 거다."

"그러니까 증거물과 서류를 찾아오란 말이죠?"

"그렇지."

"그럼, 가정해보건대, 진행은 어떻게 해야 할까요?"

그 질문까지 나온 마당에 이제 오빠도 내게 가능한 정보 출처와 필요한 조치에 관해 낱낱이 일러줄 수밖에 없었다. 그렇게 오빠와 한참 대화를 나누는가 싶었는데 별안간 오빠가 물었다. "그런데 에놀라, 세실리는 왜 이렇게 오래 걸리는 거니?"

15장

몇 시간 후 전문 여성 클럽의 내 방으로 돌아온 난 하녀의 도움을 받아 말끔히 목욕을 하고 머리카락의 석탄 먼지를 씻어냈다. 그러고는 실내복을 입은 뒤 부스스하게 젖은 머리를 마른 수건으로 감싼 채 잠자리에 누웠다. 사실 젖은 머리 채로 잠이 드는 건 꽤 형편없는 처사였다. 일단 마르고 나면 엄청 꼬이고 꼬불꼬불해져 며칠은 메두사 같은 몰골로 다녀야 했기 때문이다. 하지만 별다른 도리가 없었다. 지금으로선 잠이 절실했기 때문이다. 밤을 꼬박 새운 데다 세실리가 사라진 걸 깨달은 오빠를 다독이는 그 고된 일을 감당하느라 거의 탈진 상태에 이르렀던 것이다.

굳이 시비를 걸려는 건 아니지만, 오빠의 분노는 주로 하얗게 질린 코 색깔로 나타났다. 세실리가 사라진 후 오빠는 욕지거리를 내뱉지도, 소리를 내지르지도, 언성을 높이지도 않았다. 그보단 대체로 자신에게 화가 난 눈치였다. 세실리에게서 순응을 기대했던 바로 그 자신에게 말이다. "너처럼 통제 불가능한 사람이 또 있을 줄은 상상도 못 했다, 에놀라." 영 개운치 않은 심정으로 자리를 뜨기 전에 오빠가 딱딱거렸다.

하지만 베일리 부인과 피츠시몬스 부인의 심정은 더더욱 개운치 않았다. 그건 분노의 심정이었다. 셜록이 현관문을 닫고 나간 직후, 부엌 의자에 두었던 자신들의 지갑에서 파운드며 실링, 펜스가 사라진 걸 알게 된 두 사람이 당장이라도 따져 물을 기세로 날 찾아왔다. 이들의 지갑에는 각각 사라진 액수만큼의 차용증이 남겨져 있었고, 그 위엔 내 이름이 적혀 있었다. 물론 그 서투른 편지들은 내가 아닌 세실리가 남긴 것이었다. 세실리는 내가 돈이 부족하지도, 돈 내는 일을 마다하지도 않으리란 걸 알았다. 나한테서 보상을 받은 피츠시몬스 부인과 베일리 부인이 진정될 무렵, 난 정말이지 두 가지 이유로 마음이 흐뭇해졌다. 세실리에게 며칠 더 도망 다닐 돈이 생겼다는 사실, 그리고 글쓰기가 여의찮음에도 여전히 왼손을 쓰고 있다는 사실이 바로 그것이었다.

그렇게 내가 전문 여성 클럽으로 돌아왔을 땐 세실

리에 대한 걱정보단 평온함을 느끼는 상태였다. 그녀가 자신감 있는 왼손잡이 숙녀로 있는 한 난 세실리가 걱정스럽지 않았다. 하지만 상당한 강압 속에 고분고분한 오른손잡이로 자라온 그녀는 언제든 온순하고 무력한 모습으로 돌아갈 수 있었다. 그래도 낮잠을 좀 잘 만큼은 충분히 수고한 터라 눈을 감았지만 이 생각으로 영 마음이 편치 않았다. 그런데 그건 오빠를 생각할 때도 마찬가지였다. 오빠만 생각하면 마음 깊은 곳에서 낯선 아픔이 밀려왔다. 죄책감 때문일까? 아니었다. 아무리 돌아봐도 내가 달리 행동할 여지는 없었다. 하지만 오빠는 화나 있었다. 오빠가 화나 있으니 내 마음도 편치 않았다. 알다시피, 오빠가 생기고 가족이 생긴다는 건 내겐 너무 낯선 일이라 괜히 이번 일로 오빠를 잃게 될까 두려웠다. 그렇다고 우리가 실제로 싸운 건 또 아니었다. 그런데도 여전히 우울했다.

하지만 혼자가 된다는 건 익숙한 고통이었다. 정말로 내 이름 에놀라Enola는 거꾸로 읽으면 '홀로alone'가 된다. 그렇게 늘 외롭게 잠들어온 터라 이번에도 난 무리 없이 잠들 수 있었다.

상당히 오랜 시간을 푹 자고 일어나 보니 이미 저녁 식사 시간이 지난 때였다. 그래도 배가 등가죽에 붙은 상태로 잠에서 깬 그 시간은 그나마 다른 모든 회원이 잠든 지 얼마 지나지 않은 때였다. 고로 난 실내복과 실내화 차림으로, 마치 정직한 남자를 찾아 나선 디오게네스(그리스 키니코스학파의 대표적 철학자-역주)처럼 등불을 들고 텅 빈 부엌으로 내려갔다. 그렇게 등불을 테이블 위에 올려놓고 막 먹을 것을 찾아 돌아서는데 순간 내 그림자에 소스라치게 놀라 비명을 내지를 뻔했다. 잠자는 동안 머리를 감싸뒀던 수건이 벗겨지면서 그야말로 섬뜩한 몰골로 변했기 때문이다. 사방팔방 뻗친 꼬불꼬불한 머리카락이 마치 실제로 꿈틀대는 것만 같았다! 그런데 기어이 작은 비명이 터져 나오던 순간, 문득 뒤쪽에서 다가오는 어렴풋한 불빛을 느끼며 난 손으로 입을 틀어막았다.

"정말 근사한 헤어스타일이군요!" 레이디 비엔나가 말했다. 그녀를 보기도 전에 목소리로 알 수 있었다. 두 갈래로 땋은 은색 머리카락을 나비 모양의 기모노 아래로 늘어뜨린 모습이 역설적으로 소녀 같아 보였다. 내 등불이 놓인 테이블 옆쪽으로 자신의 촛불을 내려놓은 그녀가 말을 이었다. "정말이에요, 사랑스러운 아가씨, 최고의 예술작품이 따로 없네요!" 그녀의 투명한 눈이 진심 어린 감탄으로 반짝였다. "당신은 마치 다루기 힘든 꽃 중 하나 같아요. 이름이 뭐든,

벌들이 볼 때 꽤 매력적인 그런 꽃이요." 그녀는 깍지 낀 양손을 꼭 쥔 채 무슨 루브르 박물관의 전시물이라도 되는 양 날 바라보며 감탄했다.

몸 둘 바를 모르던 내가 불쑥 내뱉었다. "미안해요, 레이디 비엔나. 혹시 저 때문에 깨신 건가요?"

"아뇨, 아뇨! 천만에요. 요즘은 통 잠이 안 와 한밤중에 자주 이곳을 빈둥거리는걸요. 여기선 음식을 좀 슬쩍해도 요리사들이 눈감아준답니다." 그녀는 꽤 익숙한 손짓으로 가스 불의 세기를 높인 뒤 자신의 촛불을 훅 불어 껐다. "수란을 좀 만들려던 참인데 혹시 출출한가요?"

"배고파 죽을 지경이에요. 점심도 저녁도 다 놓쳤거든요."

"맙소사, 정말 대중없이 살고 있군요!" 레이디 비엔나가 오븐 중 하나를 열어 그 캄캄한 속에서 하얀 리넨 냅킨으로 덮인 바구니 하나를 꺼내 내게 건네며 말했다. "요리사들이 친절하게도 맛있는 요리들을 숨겨둔 장소를 일러줬지요."

오, 정말로 끝내주는 음식들이었다! 잠시 후 잼 넣은 페이스트리며 번, 달콤한 비스킷, 머핀, 아이스케이크, 쿠키 등 끝없이 눈 앞에 펼쳐진 음식들이 날 유혹해왔다. 난 그대로 부엌 테이블에 앉아 식사 예절 따원 까맣게 잊은 채 레이디 비엔나가 내 앞에 냅킨과 포크, 따뜻한 수란을 내올 때까지 한참을 그것들로 풍족하고 행복하게 배를 채웠다.

"오!" 순간 내가 큰 소리로 투덜거렸다. "전 정말 구제 불능이네요! 좀 도와드렸어야 했는데."

"당치 않아요." 함께 식탁에 앉은 그녀가 자기 접시에 담긴 수란을 먹으며 유쾌하게 말했다. "도움이 필요했다면 벌써 요청했겠죠."

문득 그 말이 누가 봐도 눈치챌 만한 내 공허한 마음속에 메아리쳤다. 도움이 필요했다면…….

"수란 잘 먹었어요." 내가 입을 닦으며 진심으로 말했다. 수란은 특별한 요리다. 상당한 참을성을 요하는 요리이기 때문이다. 가령 끓는 우유에 달걀을 넣은 후 그 혼합물이 코티지치즈와 같은 질감이 될 때까지 계속 저어줘야 한다. "이렇게 맛있는 건 난생처음 먹어봐요."

"천만에요, 미스터리 아가씨." 레이디 비엔나가 유난히 따뜻한 미소를 지으며 말했다. "그런데 혹시 무슨 꿍꿍이라도 벌이고 있는 건가요?"

189

분명 그녀는 내 얼굴에서 내 생각을 읽은 눈치였다! 고로 나도 똑같이 그녀의 미소에 화답하지 않을 수 없었다. "여기서 이렇게 만나 정말 다행이에요." 내가 솔직히 인정하며 말했다. "실은 중요한 일을 은밀히 상의하고 싶었거든요."

"물론이죠, 사랑스러운 아가씨." 빈 접시를 옆으로 치운 뒤 흥미로운 듯 반짝이는 눈으로 날 바라보던 그녀가 쓸데없는 과정은 전부 생략한 채 바로 물었다. "레이디 세실리는 어떻게 지내고 있나요?"

"그녀의 인격이 시시각각 변하고 있어 잘 모르겠어요!" 진심 어린 걱정을 담아 나도 본격적으로 말하기 시작했다. "유스타스 경만 잘 제어해도 세실리가 좀더 잘 지낼 수 있을 것 같아요. 일전에 일러주신 그 소문들도 진상을 파악해봤는데요, 세실리 말로는 아버지가 그 누나들의 죽은 하인들도 제 하인들에게 썼던 그 미심쩍은 방법으로 처분했다고 해요. 또한 레이디 테오도라의 하녀가 그 세 하인의 이름도 알려줬는데요, 하필 그때 방해만 받지 않았어도 아마 더 많은 걸 알아냈을 거예요."

"듣자 하니 머리에 석탄 가루를 묻히고 돌아왔다면서요." 레이디 비엔나가 말했다.

190

"소문이 금방도 퍼졌네요. 네, 맞아요. 실은 알리스테어 저택에서 제대로 홀대당하고 왔거든요." 그녀가 미소 지으며 결론을 도출하는 동안 난 잠시 하던 말을 멈췄다. "하지만 한 번 더 가야 해요, 레이디 비엔나.

증거를 찾아야 하거든요. 협상 문서 같은 것도 찾아야 하고요. 만일 유스타스 경이 해부실과의 거래 기록을 보관하고 있다면, 그 기록들도 훔쳐왔으면 해요. 그리고 묻고 싶은 게 있는데요. 혹시 절 도와줄 의향이 있으신가요?"

순간 그녀의 눈썹이 치켜 올라갔다. "정확히 어떻게요?"

난 계획의 개요를 설명했다. 하지만 이건 레이디 비엔나 입장에서 다소 대담한 계획인 듯싶었다. 내가 도움을 줄 수 있겠냐고 다시 물었을 때 대답 없이 숙고하고 있는 눈치를 보니 그랬다.

"유스타스 경은 절 본 적이 없어요," 내가 덧붙였다. "물론 집사가 보긴 했지만 제겐 그럴듯한 변장술이 있거든요. 그리고 당신은 모든 관심이 당신에게만 쏠리도록 하실 수 있는 분이라고 봐요."

다시금 그녀는 잠자코 날 바라보기만 했다.

"레이디 비엔나, 분명 당신은 우리가 도덕적으로 옳은 일을 하고 있다는 걸 아실 거예요. 물론……."

순간 그녀가 내 입을 막기 위해 손을 들었다. "난 법 따위는 어겨도 상관없어요. 여성의 권리를 위해 나도 여러 번 그랬는걸요. 다만 망설여지는 건 내가 당신 같은 사람을 단 한 번도 만난 일이 없다는 거예요. 퍼디토리언이라고 했던가요? 이렇게나 어린데? 더군다나 당신이 감수할 위험도 있을 테고요…… 대체 왜?"

난 그녀를 설득할 방법을 정확히 알고 있었다. 처음 만난 날부터, 난 그녀에게 뭔가 말하고 싶었고, 지금이 완벽한 기회였다. 문득 가슴속에 따스한 기운이 차오르면서 얼굴까지 감쌌다. 어느새 난 활짝 웃고 있었다. "왜냐하면 전 엄마의 딸이기 때문이에요." 내가 말했다. "바로 제 엄마 유도리아 버넷 홈즈의 딸인 에놀라 홈즈요."

원래부터 엄마를 잘 알던 레이디 비엔나는 더 이상 설명을 요구하지 않았다. "오!" 순간 숨을 헐떡이며 입에 손을 댄 그녀가 또 다른 뉘앙스로 "오!" 하며 울부짖었다. 그러고는 날개를 펴듯 두 팔을 펼쳐 들고서 쏜살같이 다가오며 말했다. "오, 어릴 적 그녀는 내 절친이었어요!"

날 부둥켜안은 그녀를 나 또한 기꺼이 안으며 우리는 같이 흐느끼기 시작했다.

둘이서 계속 훌쩍거리며 근사한 담소를 나눈 뒤 난, 잘 먹이고 뽀뽀해주고 이불을 덮어주는 엄마의 따뜻한 손길을 받으며 막 졸기 시작한 아이처럼 다시 침대에 누웠다. 물론 엄마가 그런 걸 해준 적은 거의 없지만 간접적으로나마 엄마가 되살아온 느낌이었다. 바로 레이디 비엔나 스테드웰은 레이디 유도리아 버넷 홈즈와 동일한 영혼의 소유자였기 때문이다. 물론 엄마가 세상을 떠난 사실을 전하는 과정은 힘들었지만 그녀도 나처럼, 엄마가 말년을 코르셋이나 사회에 얽매이지 않고 시골에서 집시들과 행복하고 자유롭게 지내는 게 얼마나 굉장한 일인지 공감하고 있었다. 또 그녀도 나처럼, 엄마가 묘비 하나 없는 집시식 무덤에 잠든 뒤 '별이 빛나는 밤(반 고흐는 자신의 그림 「별이 빛나는 밤」에서 사후 다른 차원의 세계를 밤하늘과 연관 지은 바 있음-역주)'에 검은색 말(보통 죽음을 뜻하는 은유적인 표현-역주)을 타고 가는 일, 곧 내세로 가는 것이 얼마나 적절하고 시적인 일인지 공감하고 있었다.

"친애하는 유도리아는," 레이디 비엔나가 말했다. "그 누구와도 비교할 수 없는 자신만의 길을 간 정말 독특한 여성이었어요."

하지만 그녀의 다음 말은 내 가슴을 더 후벼 팠다.

"그렇지만, 사랑하는 에놀라, 확신컨대, 유도리아가 마냥 편한 엄마가 되어주진 못했을 거예요."

"불가능할 만큼 굉장한 일을 한 거죠." 순간 더 이상 말이 나오지 않았다. 눈물이 그쳤다고 생각했는데 다시 터져 나왔다.

193

그렇다, 그건 불가능할 만큼 굉장한 일이었다. 셜록 오빠가 내 오빠가 되어준 일처럼 말이다. 그러니까 물리도록 먹은 달콤한 페이스트리와 깊디깊은 감정의 파고 뒤로 밀려오는 졸음 가운데 문득 그런 생각이 떠올랐다. 사실 난 내게 화난 듯 보이는 오빠 때문에 영 맘이 편치 않았다. 고로 될 수 있으면 빨리, 어쩌면 당장 내일이라도, 레이디 비엔나와 알리스테어 가를 '방문'한 후 오빠를 만나러 가야 할 듯싶다.

16장

나의 준비는 점심 직후에 시작되었다. 난 물결무늬 비
단 재질로 된 보라색의 최신식 오후용 방문 드레스 —
부풀린 어깨에 길고 슬림한 소매와 중앙의 연보라색
부위를 뒤로 쓸어 넘긴 모던한 신상 스커트로 이뤄진
드레스 — 를 입었고, 이 보라색은 드레스 상체의 가
장자리를 두른 가리비 문양 장식에도 적용된 색이었
다. 아무리 빗질해도 도무지 가라앉지 않을 것 같던
머리는 손질을 위해 하녀를 불러야 했다. 처음에 내
머리를 보고 깜짝 놀라 비명을 내지른 하녀는 이내 젖
은 빗으로 빗은 머리카락을 공들여 매만진 뒤 핀으로   195
고정하여 모자를 씌웠다. 다행히 요즘 최신 모자는 굉
장한 균형감으로 머리카락을 감추려는 용도에 감탄하
리만치 딱 들어맞았다. 모자를 쓰고 보니, 이건 뭐랄

까, 깃털 장식과 정수리 위로 부풀린 보일 원기둥, 그리고 급강하하는 날개 모양의 챙까지, 영락없는 연보라색의 부표 같은 모양새였다.

나는 하녀를 돌려보낸 뒤 입술과 광대뼈, 눈에 은은한 색을 발랐다. 그러고는 새 재킷을 걸친 뒤 가장 좋은 장갑에 가장 멋진 양산을 장착한 후 레이디 비엔나를 만나러 아래층으로 내려갔다.

이전엔 그녀의 정장 차림을 본 적이 없어 나보다 훨씬 근사한 차림에 놀랄 만도 했지만 난 놀라지 않았다. "그거 *워스*(오늘날의 고급 양장점 기초를 쌓은 프랑스 디자이너 찰스 프레드릭 워스를 의미-역주) 드레스인가요?" 경이로운 그녀의 의상에 감탄하며 내가 물었다. 장미 가지 문양으로 수놓은 미색의 줄무늬 양단 스커트 위로 진한 녹색의 호박단 몸체가 돋보이는 드레스는 앞쪽이 녹색의 나비 모양 매듭으로 모이고, 뒤쪽의 주름진 미색 실크가 땅에 질질 끌리는 형태였다.

"약속한 대로 빼입었을 뿐인걸요." 장갑 낀 손은 기다란 손잡이가 달린 구식 안경을 — 마치 그게 없으면 볼 수 없기라도 한 양 — 우아하게 눈가로 들어 올리고, 다른 한 손은 특이하게 화려한 부채를 조용히 흔들며 그녀가 말했다. "맙소사, 정말 퇴폐적인 모자로군요. 게다가 그런 얼굴로 변신하다니 정말 대단한걸요!

친애하는 내 조카 오버지나, 정말 몰라볼 정도예요!"
그날만큼은 내가 그녀의 조카인 오버지나 파테 스테
드웰이 되기로 우리는 입을 맞췄다. (참고로 그런 조카는
없었으며, 그 이름은 그저 '가지'를 뜻하는 불어식 영어 단어
인 '오버진aubergine'에서 가져온 거였다.) 내 차림을 점검
한 레이디 비엔나는 승인의 의미로 고개를 끄덕였고,
그때 그녀의 근사한 모자에 달린 리본과 깃털 장식도
덩달아 흔들렸다. "이제 진짜 준비가 된 것 같군요."

우리를 기다리던 마차는 이륜마차가 아닌 사륜마차
였다. 그러니까 챙이 위로 젖혀진 삼각 모자를 쓴 마
부는 물론이고, 우스꽝스러운 전통 유니폼 차림에 하
얀 가발과 반바지, 하얀 스타킹, 조임쇠가 달린 신발을
착용한 하인까지 갖춘 그야말로 여왕이 타기에도 부
끄럽지 않은 화려한 마차 말이다. 문득 어떻게 한 세
기의 화려한 의상이 다음 세기의 하인 의상으로 탈바
꿈할 수 있는지 참으로 오묘하게 느껴졌다. 과연 이런
심적 변화를 정신과 의사는 어떻게 받아들일지!?

하인이 엄청난 격식을 차리며 우리를 이동식 왕좌
같은 좌석에 앉힌 뒤 한 쌍의 밤색 말이 무거운 발걸
음으로 터덜터덜 마차를 끌고 갈 무렵, 전문 여성 클
럽의 창문에서 수많은 얼굴이 우리를 지켜보았다. 하
지만 일단 관객의 시야에서 벗어나자, 난 마차 지붕을

양산으로 두드려 잠시 멈춰달라는 신호를 보냈다.

런던의 요동치는 교통난으로 인해 내 신호에 마부가 응하는 데는 다소 시간이 걸렸다. 무려 우리가 탄 마차가, 말 한 필이 끄는 사륜마차며 빅토리아(말 한 필 또는 두 필이 끄는 2인승 사륜마차-역주), 랜도 마차(지붕을 덮은 포장이 앞뒤로 나뉘어 접히게 되어 있는 사륜마차-역주)는 물론이고, 더 낮은 등급의 다른 마차들보다 좋은 마차였는데도 말이다. 일단 마차가 멈추자 문을 열어주러 마차에서 뛰어내린 하인이 재빨리 걷는 소리가 들려왔다. 그때 엄청 화려한 차림의 나와 레이디 비엔나를 올려다본 하인이 화들짝 놀라 꽤 멍한 얼굴로 서 있었다.

"마부에게 말을 멈춘 후 이리로 오라고 전해주세요." 내가 하인에게 말했다.

마부가 다가오자 이제 난 한 명이 아닌 두 명의 멍한 얼굴에 대고 말했다. "돈은 선불로 먼저 낼게요. 그리고 미리 밝혀두는데 잘은 몰라도 오후에 별안간 일이 생겨 여러분의 도움이 필요할 수도 있어요."

198

"옷은 이렇게 차려입었어도 이건 평범한 사교성 방문이 아니거든요." 레이디 비엔나가 조용히 거들었다. "여러분의 도움을 기대해도 될까요?" 내가 요금을 건네자 그녀가 손을 뻗어 그들 각각에게 후한 팁을 얹어주었다. 둘은 더는 멍하지 않은 얼굴로 머리카락에서 먼지가 일 정도로 열렬히 고개를 끄덕였다. 분명 레이디 비엔나와 내가 그들의 일상에 참신한 뭔가를 선사한 눈치였다.

"이제 다시 달려보죠." 순간 이 장난기 어린 모험에 푹 빠져든 양 미소 띤 얼굴로 내가 말했다.

우리는 달리고 달려 마침내 한적한 주택가에 자리한 알리스테어 부부의 위풍당당한 조지 왕조 시대 벽돌집 건물 앞에 멈춰 섰다.

하인이 우리를 인도해 저택 정문까지 동행한 뒤 사자머리 모양의 쇠고리를 힘껏 두드렸다. 미리 동의한 대로 장갑 낀 손에 명함을 든 레이디 비엔나가 앞장섰다. 그 무표정한 얼굴의 집사가 문을 열 무렵, 행여나 눈에 띌세라 뒤로 물러난 나는 모자챙 아래로 턱을 밀어 넣은 채 바보처럼 웃고 있었다.

집사는 공손한 모습이라곤 하나 없는 얼굴로 "레이디 테오도라는 아무도 만나지 않으십니다."라고 말한 뒤 우리 면전에서 문을 닫으려고 했다.

그런데 그때 레이디 비엔나가 "정말인가요, 스마이드?"라고 외쳤고, 다음 순간 집사는 꼬장꼬장하게 자기 이름을 불러대는 그 서슬에 순식간에 소금기둥처럼 변했다. "블랙워터 백작의 집에서도 그런 퉁명스러운 응대를 용인해주던가요? 어서 유스타스 경에게 레이디 스테드웰과 조카 오버지나 스테드웰이 만나고 싶다고 전해주세요."

그 후 모든 일은 순리대로 척척 진행됐다. 스마이드가 자신이 든 쟁반 위에서 그녀의 명함을 가져갈 때 쟁반의 은빛 표면이 눈에 띄게 흔들렸다. 그 후 우리는 하인을 돌려보냈고, 스마이드는 우리를 응접실로 안내했다. 집사는 우리를 섬세하게 조각된 카레라 대리석(조각과 건축 장식으로 유명한 흰색 또는 청회색을 띤 대리석의 한 종류-역주) 벽난로 옆쪽의 커다란 플러시 안락의자에 앉히고 내 양산을 코끼리 발 모양의 꽂이에 넣은 뒤 사라졌다. 이렇다 할 이유 없이 나른하게 부채질하던 레이디 비엔나가 미소 띤 얼굴로 날 바라본 뒤 속을 두툼히 채운 안락의자에 앉았다.

내가 속삭였다. "『아라비안나이트』에 나올 법한 부채군요. 대체 뭘로 만든 거죠?"

"상아를 깎아 만든 부챗살뿐 아니라 손으로 뜬 레이스, 석류석, 악어가죽이 쓰였죠."

다행히 난 아무 반응도 할 필요가 없었다. 그때 집안의 다른 방에서 웬 고성이 들려왔기 때문이다. "스마이드, 아무도 들이지 말랬잖아!"

"친애하는 유스타스." 순간 레이디 비엔나의 미소가

그녀의 부채처럼 미묘한 악어 모양을 띠었다.

잠시 후 유스타스 경이 응접실로 들어왔다. 본인은 인상을 썼다고 생각했겠지만 내게는 입술을 뿌루퉁 내민 것처럼 보였다.

"오, 날 보고 놀란 모양이군, 이 사람!" 레이디 비엔나가 우아하게 자기 손에 입을 맞추도록 장갑 낀 손을 유스타스 경에게 내밀었다. "자네도 알다시피 대놓고 말하지 않으면 난 늘 없는 사람 취급을 당하지 않았나. 그래서 이렇게 직접 말하러 온 걸세. 난 지금 긴한 용건으로 평생 알아온 사람들을 하나둘 만나고 있다네. 보다시피, 이제 내 나이도 육신을 벗을 때가 되어서 내 재산을 어찌 처분할지 결정해야 하거든."

그녀가 내민 손을 쩨려보던 유스타스 경이 돌연 태도를 바꾸며 허리를 굽혀 입술을 갖다 댔다.

"여기 내 조카딸, 아니 더 정확히는, 고인이 된 내 조카딸의 딸이자 말년에 내 동반자가 되어준 어너러블 오버지나 스테드웰을 소개하지."

실제로 본 적도 없는 날 유스타스 경이 알아볼 리 없었지만, 손을 내밀 때 심장이 콩닥콩닥 요동치던 난 당황한 아가씨처럼 혼잣말을 중얼대며 고개를 숙였다.

순간 냉랭하게 내 장갑에 얼른 입을 맞추는 그의 모습에 하마터면 웃음이 튀어나올 뻔했다. 날 레이디 비엔나의 재산을 놓고 싸울 경쟁자로 보는 게 너무나도 빤히 드러났기 때문이다. 그는 내게서 몸을 튼 뒤 자리로 가서 우리와 마주 앉았다. 그러고는 마치 늠름함을 뽐내기라도 하듯 만인의 응접실용 애용품인 외다리 테이블에 한쪽 팔꿈치를 괴었다.

이때까지만 해도 유스타스 경은 레이디 비엔나가 나에게 어떤 말을 전했는지 전혀 알지 못했다. 그녀는 유쾌하게 말했었다. 죽고 나선 한 푼도 남지 않아 과거의 부자로만 기억될 만큼 살아생전 모든 재산을 다 써버리겠노라고.

곧이어 레이디 비엔나는 가족 친구 중 처음으로 사교계에 나간 상류층 딸로서 목격한 유스타스 경의 어린 시절을 떠올리며 이야기를 펼쳐나가기 시작했다. 그녀의 기억 속에 등장하는 유스타스 경은 누나의 엉덩이에 화살 쏜 일을 비롯해 차분함도 없고 못된 성깔은 더더욱 심한 모습이었다. 반짝이는 청자색 눈동자로 보아 유스타스 경이 당황하는 걸 즐기는 눈치였지만, 그녀는 점점 이야기의 방향을 나와 계획한 대로 끌고 갔다. 곧 레이디 비엔나는 그의 누나들의 안부를 물은 뒤 병석에 있다는 아내에 대해 "네 사랑스러운 아내 레이디 테오도라가 아파서 만날 수 없다니 참으로 안타깝구나."라며 심심한 위로를 표했다.

실제로 난 레이디 비엔나에게 레이디 테오도라가 내 얼굴을 알아볼지도 모른다고 경고했었다.

　　"보통은 말야, 유스타스, 자네의 아이들을 낳은 부인이 집안의 돈 관리도 알아서 잘할 텐데 말야. 그래도 내가 한번 직접 볼 수 있을까?" 마치 한 가정의 가계부를 들여다보는 일이 당연한 일이라도 되는 양 자리에서 벌떡 일어난 레이디 비엔나가 재빨리 응접실을 나와 복도를 가로질러 서재로 향했고, 난 그 뒤를 새끼 오리처럼 쫄래쫄래 따라갔다. 그녀의 행동이 어찌나 당당하던지 늘 눈에 띄는 집사는 그녀에게 의자를 갖다주러 뛰어왔고, 유스타스 경은 외다리 테이블만큼이나 상류층 가정의 애장품인 세크러테리 책상(겉으론 탄탄한 수납장처럼 보이지만 책상의 앞쪽 문을 좌우로 열면 위로는 책상이 나오고 아래로는 수많은 다목적 서랍이 나오는 책상-역주)을 열어주러 허둥지둥 달려왔다. 곧이어 내 눈앞에 롤톱 책상(뚜껑을 뒤로 밀어 열 수 있게 되어 있는 책상-역주)보다 거대한 체리우드 책상이 그 웅장한 자태를 드러냈다. 그러니까 그 위쪽으로 유리를 씌운 선반이 있고, 아래쪽으론 잠긴 서랍들이 있으며, 선반과 서랍 사이엔 잘 닦아 광이 나는 접이식 필기대와 그 뒤로 칸막이로 된 작은 칸들 및 비밀 수납 칸들이 있는 거대한 책상 말이다.

유스타스 경이 먼저 잠겨 있던 책상의 앞쪽 문을 연후 서랍을 열었다. 그러자 자신을 위해 준비된 책상에 앉은 레이디 비엔나가 그 서랍에서 현재 사용 중인 장부를 꺼냈다. 그녀는 긴 손잡이가 달린 구식 안경을 눈에 댄 뒤 여러 쪽에 걸쳐 기록된 숫자 열을 죽 훑어보았다. 그러고는 그 전 해인 1888년의 장부도 꺼내 살펴보았다. 그런데 그때 장부를 보던 레이디 비엔나의 눈썹이 별안간 치켜 올라가더니 유스타스 경을 엄하게 노려보았다. "대단히 아슬아슬한 짓을 벌이고 있었구먼. 신여성인 내가 분에 넘치는 삶을 사는 구태의연한 귀족을 용납할 순 없지. 그럴 요량이었다면 내 재산을 물려주기 위해 지인의 이면을 캐고 다니는 이런 일까지 하고 다니진 않았을 걸세. 난 자본주의적 기업가 정신이 살아 있는 열정적인 사람에게 내 유산을 남길 생각이라네……."

"전 그동안 꽤 진취적인 판매와 투자를 해왔습니다." 유스타스 경이 끼어들었다. 그의 통통한 몸이 마치 새 사냥을 앞둔 사냥견처럼 부르르 떨려왔다. 그러나 심적 압박으로 핏대가 서 그런 건지 그 작은 체구가 다소 커지면서 오히려 풍채가 더 나아 보였다.

레이디 비엔나가 안경 너머로 그를 응시하며 말했다. "판매와 투자라?"

"네, 예술에 대한 판매와 투자죠." 유스타스 경이 세크러테리 책상의 *비밀* 수납칸 중 한 곳의 뚜껑을 슬그머니 열더니 그 안에서 빨간색 가죽 커버로 된 수첩 하나를 꺼냈다. 그러고는 다소 망설이며 그것을 레이디 비엔나에게 건넸다. 그녀가 수첩의 첫 쪽을 펼쳤다.

"티머시 버크," 내가 헉하는 숨소리를 참는 동안, 가히 존경할 만한 평정심을 유지한 그녀가 큰 소리로 읽었다. "처음 들어보는 이름이군. 예술가의 이름인가?"

"아뇨, 모델이었어요. 실은 제가 초상화를 팔고 있거든요."

"음, 그자를 모델로 한 그림이 꽤 비싼 값에 팔렸던 모양이군. 그럼 이 BSC란 표기는 컬렉션이고?"

그때, 아직 그녀가 말하는 중에, 내가 태연히 앞으로 나아가 그녀 옆에 섰다. 시종일관 입도 뻥끗하지 않은 터라 레이디 비엔나의 태양계에서 가장 미약한 위성과도 같은 나를, 그 집의 하녀도, 집사도, 유스타스 경도 전혀 알아차리지 못하는 눈치였다.

"음, 어, 맞아요." 유스타스 경이 말했다.

"이머전 손더스는 여성 모델이었나?" 여전히 유스타스 경을 대화에 끌어들이던 레이디 비엔나가 넌지시 그 가죽 커버 수첩을 내게 건넸다. "그럼 그녀의 초상화도 같은 컬렉션으로 갔고?"

"네, 음⋯⋯." 유스타스 경이 대체 뭔 일이 벌어지는지 깨닫기도 전에 난 이미 서재를 반쯤 가로지른 상태였다. "잠깐! 멈춰!" 그가 내지르는 꽥 소리에 난 냅다 내달렸다. 문득 최고급 양산을 들고 오지 못한 게 후회스러웠지만, 자고로 사람은 우선순위를 따져야 하는 법. 더는 바닥을 쓸고 다니지 않는 모던한 드레스 덕에, 난 스커트를 들지 않고도 뛸 수 있었고, 심지어 전력 질주도 할 수 있었다. 고로 집사 스마이드가 내 앞으로 뛰어들며 문을 막았을 때도 난 속도를 늦추지 않고 드레스 상체 부분에서 재빨리 단검을 꺼내들 수 있었다. 하지만 솔직히 위협적이진 않았다. 그의 목숨을 빼앗을 의도 따윈 없었기 때문이다. 그가 내 앞길을 비켜주지 않았다면 ─ 물론 그는 볼썽사나운 탄식과 함께 매우 민첩하게 비켜섰지만 ─ 아마도 그의 피부 정도를 살짝 베었을 터였다. 딱 그 정도였다.

나는 복도로 뛰쳐나와 현관문 쪽으로 돌아섰다. 곁눈질로 살짝 보니 내 뒤를 바짝 따라오던 레이디 비엔나는 주의를 딴 데로 돌리기 위해 다른 쪽으로 돌아서고 있었다.

그때 준 남작인 유스타스 경과 집사가 마치 돌림노래를 주고받듯 소리쳤다. "도와줘!" "그녀를 잡아!" "그녀를 잡아!" "그녀를 막아!" "멈춰. 레이디 비엔나?"

"난 자네 아내를 만나러 위층으로 좀 올라가겠네, 유스타스 경." 레이디 비엔나가 지저귀듯 말했다. 내가 현관문을 달려 나와 손에 든 그 귀중한 빨간색 가죽 커버 증거물을 마차로 내던질 무렵, 정말 그녀는 이미 계단에 올라선 듯 보였다.

마부와 하인은 이미 이런 일이 일어날지도 모른다는 경고를 들었음에도 넋을 잃은 채 멍하니 앉아만 있었다. 고로 난 직접 마차에 타는 대신 그들과 함께 운전석에 몸을 내던지며 "가세요!"라고 명령했다.

마부가 고삐를 쥔 채 더듬더듬 말했다. "하-하-하지만 또 다른 여성분이……."

"그분은 괜찮을 거예요!" 실은 레이디 비엔나가 이 시점에서 혼자 헤쳐 나가기로 우리는 사전에 입을 맞춘 상태였고, 준 남작과 같은 자가 어떤 내기를 걸어와도 난 그녀가 이긴다는 데 베팅할 터였다. 나는 채찍을 꺼내 말의 등에 짧고 강하게 휘두르며 세차게 말을 몰았다. "가자, 계속 가자, 날쌔게 달리렴!"

맙소사, 내 어조는 셜록만큼이나 명령조였다. 그렇게 우리는 그곳을 빠져나왔다.

17장

베이커가 221번지의 문을 열러 나온 허드슨 부인이 날 보자 활짝 웃었다. "와, 오늘은 유난히 근사한걸요, 에놀라 아가씨! 그런데 어쩌나, 홈즈 씨는 외출 중이에요."

외출 중이라고! 오빠 한번 보려고 붐비는 거리 한가운데서 추적을 피해 마차에서 뛰어내리고, 짐마차 말과 마차 말 사이를 쏜살같이 피해 세인트 판크라스 역으로 가는 전차를 잡아타고, 이 화려한 차림으로 지하철에 몸을 실은 것도 모자라 서둘러 마차를 빌려 타고 왔거늘! 감히 오빠가 외출 중이라고? 내 허리받이에 유스타스 경의 부정한 이익이 담긴 이 작은 빨간색 가죽 커버 수첩을 숨겨둔 채 오빠의 집 문 앞에 섰을 땐, 심지어 가슴까지 막 불타올랐는데……! 어찌 감히 오빠는 외출 중일 수 있단 말이지?

"언제 돌아올 것 같나요?"

"홈즈 씨는 말하지 않았어요. 그런데 시티 슈트(클래식한 멋을 특징으로 하는 테일러드 슈트에 세련된 감각을 더한 슈트 - 역주) 차림이었던 걸 보면, 아마도 오후 독주회에 가려던 것 같아요." 허드슨 부인이 평소처럼 참을성 있는 염려 투로 날 응시하며 말했다. "잠깐 들어와서 기다리시겠어요, 에놀라 아가씨?"

"아니요, 허드슨 부인. 제가 좀 급해서요…… 혹시 홈즈 씨가 사진 복제가 필요한 소중한 증거물을 보통 어디로 가져가는지 아시나요?"

그녀는 눈을 깜빡이며 모른다고 했고, 난 약이 바짝 오른 채 그 자리를 떴다. 하지만 일단 *에놀라, 생각을 좀 해.* 이 말이 떠오르자, 난 또 한 대의 마차를 빌려 왓슨 박사의 진료실로 갔다. 왓슨 박사의 진료 시간이 오후인 터라 틀림없이 거기라면 오빠를 찾을 수 있을 듯했기 때문이다. 온통 보라색 톤의 의기양양한 모습으로 난 진료 대기실에 앉아 있는 더 겸손한 사람들(에놀라보다 일찍 왔음에도 에놀라처럼 문도 두드리지 않고 겸손히 자기 차례를 기다리고 있던 사람들을 가리킴-역주)을 지나쳐 안쪽 문을 두드렸다. 왓슨 박사 또한 허드슨 부인처럼 눈을 깜빡이며 문을 열었고, 그의 뒤에선 중풍에 걸린 어떤 노파가 날 노려보고 있었다.

"저, 방해해서 정말 죄송한데요." 성의 없는 이 말에 이어 난 왓슨 박사에게도 부인에게 했던 똑같은 질문을 던졌다.

그는 답을 알고 있었다. 하지만 처방전 노트에서 찢은 종이 중 하나에 내 주소를 적고는 이렇게 말했다. "솔직히, 친애하는 에놀라, 그들이 당신 말을 귀담아들을 것 같진 않아요. 이런 일엔 홈즈가 제격인데⋯⋯."

"오빠는 지금 외출 중이에요." 내가 살짝 열을 올리며 끼어들었다.

순간 사색에 잠긴 듯한 왓슨 박사의 눈에서 은은한 광택이 났다. "네, 네, 물론이죠. 오늘 오후엔 스트랜드가(런던의 극장가)에 있을 테니까요."

길에선 한창 그렇고 그런 바이올리니스트가 그렇고 그런 소나타를 연주하고 있었다. 난 듣는 둥 마는 둥 마차로 서둘러 달려간 뒤 마부에게 공연이 끝나기 전 스트랜드가로 데려다주면 1파운드짜리 금화를 주겠노라고 말했다.

문이 막 열리자 마부는 날 그곳으로 데려갔다. 난 눈에 띄지 않도록 주의하며 바깥으로 쏟아져 나오는 군중 속에 은근슬쩍 끼어들었다. 거기선 모든 숙녀가 나처럼 '잔뜩 치장한 차림'이었기 때문이다.

오빠 특유의 황새 같은 특성, 특히 모자를 쓸 때 드러나는 그 특성 때문에 내가 오빠를 찾기는 어렵지 않았다. 그보단 오히려 오빠가 날 알아채도록 하는 게 더 어려웠다. 손수건을 펄럭이던 나를 마치 남자 사냥을 나온 근사한 여성으로 오인한 오빠가 눈길을 돌린 채 황급히 달아나버린 것이다. 고로 난 품위 따윈 내려놓은 채 종종걸음으로 뒤쫓아 가서 — 장갑 낀 손으로 오빠의 팔을 낚아채며 — 오빠를 붙잡아 세울 수밖에 없었다. "셜록 오빠!"

마지못해 돌아서며 모자를 벗던 오빠가 그제야 날 알아보았다. 순간 오빠의 표정은 복잡 미묘했다. 아, 우리말 중엔 동시다발적으로 와닿는 이 상반된 감정을 표현할 단어가 거의 없다. 고로 내가 생각할 수 있는 단어는 이 하나였다. 달콤쌉쌀함. 그러니까 이때 오빠의 표정엔 남매간 애증, 이를테면, 서운함 속 반가움이 엿보였다고나 할까?

"대체 여기서 뭘 하고 있는 거니, 에놀라?"

오빠의 인사 투는 그다지 친절하지 않았지만, 난 아주 자연스러운 미소를 지으며 말했다. "오빠는 세실리가 마치 순종적인 아가씨라도 되는 양 오빠의 말을 순순히 따를 거라고 기대한 모양인데요. 괜히 기대해놓고 왜 저한테 그래요."

211

"기대하지 말았어야 했지." 오빠가 무심코 인정했다. "그런데 에놀라, 그 터무니없는 모자에 산만한 차림으로 여긴 또 왜 나타난 거니?"

"오빠의 그 실크해트보다 터무니없진 않네요, 뭐." 오빠가 그 높은 실크해트를 다시 머리에 쓸 때 내가 말했다. 하지만 이내 좀 더 부드러운 톤으로 다시 말했다. "지하실에 암실을 갖추고 있는 오빠의 그 신비로운 친구에게 절 데려다주세요. 그 후엔 같이 세실리를 찾으러 가고요."

셜록이 소년을 보내 우리를 위한 사륜마차, 곧 사륜 구동식 밀폐형 마차를 구해오도록 했다. 마차가 다가오자 놀랍게도 난 마차의 말 브라우니와 마부를 대번에 알아봤다. 평소 2인승 이륜마차를 몰던 그 마부에게 내가 불쑥 내뱉었다. "해럴드!"

"에놀라 아가씨?" 그도 나만큼이나 놀란 눈치였다. 이런 화려한 차림의 날 본 적이 없으니 뭐 그럴 만도 했다. 아니면 이런 높은 실크해트를 쓴 동반자와 있는 걸 처음 봐서일 수도 있다. 해럴드가 중산모를 낚아채듯 벗더니 셜록에게 인사했다.

"제 오빠예요." 내가 대충 얼버무렸다. 보통 마차의 마부에게 가족을 소개하는 일은 없었기 때문이다.

셜록 오빠가 나를 도와 마차에 태웠다. "서로 어찌들 아는지 이젠 궁금하지도 않다." 오빠가 성가신 듯 말했다. "해럴드라고 했죠?" 하지만 해럴드에겐 충분히 정중한 태도로 주소를 일러주었다.

이윽고 마차는 출발했고, 난 이 사적인 공간에서 오빠에게 내 노획물, 곧 유스타스 경의 가죽 커버 수첩을 보여주었다. 나도 아직 자세히 못 본 터라 오빠 옆에 앉아 꼼꼼히 살펴보았다. 그 증거물에 따르면 유스타스 경은 총 37점의 '초상화'를 팔아넘겼다.

"대체 이걸 어떻게 손에 넣은 거니?" 셜록 오빠가 물었다.

"여성스러운 속임수로요." 내가 오빠에게 말했다. "근데 *BSC*가 뭘까요?"

"*배터시 외과 연구소*. 아무래도 유스타스 경이 이곳과 대단한 연줄이 있는 것 같구나."

사진작가의 작업실에선 거의 시간이 걸리지 않았다. 오빠가 워낙 그를 잘 다루기도 했지만 그 또한 믿을 만한 자였기 때문이다. 그에게 가죽 커버 수첩을 넘겨 복제하도록 한 우리는 몇 시간 후 다시 들르기로 하고 대기 중인 마차로 돌아왔다. "해럴드, 앨드게이트 펌프를 경유해 이스트엔드로 가주세요." 마부 친구에게 내가 말했다.

친애하는 독자는 이스트엔드가 런던 최악의 빈민가로서 잭 더 리퍼(1888년 런던의 화이트채플 지구와 그 주변의 빈민가에서 활동한 신원 미상의 연쇄 살인범-역주)가 사람들을 괴롭히기 위해 출몰하는 장소란 걸 이해해야 한다. 고로 그곳까지 나가는 마부들은 거의 없었다. 하지만 감사하게도 우리의 마부는 해럴드였다.

"뭐든 분부대로 합죠, 에놀라 아가씨."

우리가 다시 좌석에 앉았을 때 셜록이 의아한 표정을 지었지만, 난 굳이 설명하지 않기로 했다.

"그래서 말인데요, 친애하는 오빠," 늦은 오후 우리가 탄 마차가 고통스러운 런던 교통에 적응할 무렵 내가 말했다. "유럽 왕족들이며 빈곤한 이혼녀들, 분홍색 서커스 푸들 사건은 어떻게 되었나요?"

오빠가 손사래를 치며 일축했다. "해결된 지 오래다. 네 마음과 술책을 꿰뚫어 보는 일도 그만큼 쉬웠으면 좋겠구나."

"맙소사, 전 그렇게 종잡을 수 없는 애가 아니에요." 간단히, 난 오빠에게 우리의 마지막 만남 이후 내가 무엇을 했는지 전했다. 물론 그 와중에 오빠가 이따금 내지르는 분노나 절망의 탄성 따윈 무시했다. 하지만 우리가 약 5미터 높이의 앨드게이트 펌프 ― 분명 런던의 가공할 만한 혁신과 위생의 기념비적인 건축물로서, 전통적 주입구 대신 놋쇠로 된 늑대 모양의 입에서 물이 쏟아지는 펌프 — 그러니까 런던이라는 도시와 하층민 거주지인 이스트엔드의 경계에 있는 이 랜드마크에 도착할 무렵, 난 불쑥 말을 멈췄다. 그러고는 창문 밖으로 머리를 내밀어 해럴드에게 "천천히 가주세요."라고 이른 뒤 오빠에게도 이렇게 말했다. "그쪽에서 세실리를 좀 찾아봐줄래요, 전 제 쪽에서 그렇게 할게요."

"그게 *다니*?" 오빠가 흥분된 어조로 말했다. "이게 네가 세실리를 찾겠다는 계획의 전부야?"

"아뇨, 당연히 아니죠. 하지만 세실리가 여기를 걷고 있는데 놓치게 된다면 그것도 민망한 일이잖아요, 안 그래요?"

이 말에 오빠는 콧방귀를 뀌듯 숨을 내쉰 뒤 자기 쪽 창문에 집중했다.

이곳의 도로 교통은 도시와는 딴판이었다. 말이 끄는 마차는 몇 대 보이지도 않는 가운데 자갈돌 위로 행인들과 잡동사니를 파는 온갖 상인들 — 진저비어며 고기파이, 훈제 청어, 사과, 머핀, 따끈한 단팥빵 등을 파는 상인들 — 이 바글거렸다. 그중 어깨에 걸치는 멍에 모양의 가로대에 살아 있는 새들을 매달고 다니는 한 가금류 행상인도 눈에 띄었다. 인정컨대, 내

시선은 얼마간 그 가금류 행상인과 밧줄 그네 ─ 필시
원숭이를 목매달아 죽일 때 썼던 밧줄을 가져다가 가
로등에 매어 만든 그네 ─ 를 타고 있는 통통하고 귀
여운 소녀들에게 꽂혀 있었다. 하지만 대체로는 갈색
정장에 값싼 보트 모자를 쓴 세실리가 나타나기를 숨
죽여 기다리고 있었다.

사실 이 묘사에 부합하는 젊은 여성은 많았으나 난
그녀를 보지 못했다. 그건 셜록 오빠도 마찬가지였다.

하지만 어떤 건물이 눈에 띄자 난 해럴드에게 멈춰
달라고 천장을 두드렸다. "여기서 잠깐 기다려주세요."
내가 해럴드에게 말한 뒤 마차에서 내리자 셜록 오빠
도 날 따라 내렸다.

"분부대로 합지요, 에놀라 아가씨, 그리고 음, 홈즈
씨."

(마치 데이지 꽃밭의 난초처럼 눈에 띄는 오빠의 시티 슈트
와 잔뜩 치장한 내 의상 때문에) 거리 시민들의 시선이 온
통 우리에게 쏠린 가운데 셜록 오빠와 나는 크고 평범
한 한 벽돌 건물을 응시했다. 눈에 띄는 거라곤 지붕
위로 우뚝 솟은 기둥들과 그 기둥 주변으로 여기저기
달린 검은색의 두꺼운 전선들뿐인 그 건물의 문에는
'이스트 런던 전화 교환소'라는 연철로 된 글씨가 붙어
있었다.

난 셜록의 팔을 잡아끌며 말했다. "자, 들어가죠."

"무슨 명분으로?"

"지금 우리는 귀족처럼 보이잖아요. 그저 호기심만 유발하면 돼요. 어차피 그들은 우리를 잠재 가입자(전화 가입자)로 삼고 싶을 테니까요. 혹시 단안경(한쪽 눈에만 대고 보는, 렌즈가 하나뿐인 안경) 있나요?"

갑자기 실실 웃기라도 하듯 입꼬리를 씰룩거리던 오빠가 다음 순간 저명한 귀족의 지루한 자태를 흉내 냈다. 나는 계단을 오르면서 한 손으론 오빠의 팔을 붙잡고, 다른 한 손으론 스커트를 우아하게 들어올렸다. 그러고는 오빠의 도움을 받아 몸을 숙여 이중 참나무 문 사이로 지나간 후, 마치 공장과 헛간을 섞어놓은 듯한 특이한 장소에 발을 들였다. 칸막이로 구분된 넓은 통로가 세 군데 나 있는 이곳은 마치 기둥에 죽 매어둔 수많은 소들처럼 각 칸막이 양쪽으로 그 칸막이벽을 바라보고 있는 여성들이 높은 의자에 죽 앉아 있었다. 여성들은 제각기 외출복 위로 하얀색 앞치마를 두른 차림이었다. 여기저기 기계의 소음 대신, 공손한 목소리와 여름 곤충의 찌르륵거리는 소리가 들려왔다. 그때 요상한 물건이 윙윙거리자 한 여성이 손을 뻗어 못에 걸린 원뿔 모양의 기구를 잡아당겨 그열린 끝을 귀에 갖다 댔다.

스패츠(발등과 발목을 덮는 신발 위에 신는 각반의 일종-역주)를 착용한, 분명 매니저로 보이는 한 남자가 우리에게 다가와 인사말을 건넸다.

"무엇을 도와드릴까요?"

사실 난 눈에 불을 켜고 일하는 여성들을 지켜보느라, 셜록 오빠가 그 매니저에게 뭐라고 말하는지도 듣지 못했다. 그들은 원뿔 모양의 기구를 한쪽 귀에 댄 다음 각 칸막이에 있던 저마다의 원형 구멍에 대고 말했다. 그러고는 다른 한 손으로 뭔가를 적던 연필을 옆에 내려놓은 뒤 능숙하게 손을 뻗어 그 앞쪽 벽에 놓인 당혹스러운 장치를 만지작거렸다.

그들 중 단 한 명을 제외하곤 모두가 오른손을 이용해 이 일을 수행했다.

순간 따뜻한 손아귀가 내 심장을 꽉 쥐어짜는 느낌이 들었다. 난 그 왼손잡이 숙녀 쪽으로 걸어갔다.

현명하게도 셜록 오빠는 내 뒤에 남았다.

그렇다, 바로 세실리였다. 누구도 그 완벽한 옆얼굴을 잘못 본 채 지나칠 수 없었다. 난 그녀의 딱딱한 나무 의자 옆에 웅크리고 앉아 그녀를 향해 미소 지었다.

세실리는 일에 열중하느라 처음엔 날 알아채지 못했다. "죄송하지만 상대방 가입자분이 전화를 받지 않으시네요." 그녀가 자신의 칸막이에 있는 원형 구멍에 대고 말했다. "나중에 다시 걸어주시겠어요? 감사합니다. 좋은 밤 되세요." 그러고는 귀에 댔던 수신기를 수신기 걸이에 건 다음에야 날 알아보았다. 순간 세실리의 낯빛이 밝아졌다. "에놀라!"

"좋은 소식이 있어요," 이름은 부르지 않은 채 내가 말했다. 여기선 진짜 이름을 사용할 리 만무했기 때문이다. "적어도 당신에겐 좋은 소식이었음 좋겠어요. 저랑 같이 가줄래요?"

"그런데 제가 8시에나 교대할 수 있어요. 안 그러면 일자리를 잃거든요."

"하루 몇 시간을 일해야 하죠?"

"열두 시간이요." 그러더니 이내 달라진 어조로 그녀가 다시 한번 말했다. "열두 시간이라니! 성냥팔이 소녀들도 열네 시간을 일하더라고요! 하루가 이렇게 긴 줄 정말 몰랐어요."

"저랑 같이 가줄래요?" 재차 묻자 이번에는 세실리가 단호히 턱을 쳐든 채 일어섰다. 그러고는 앞치마를 의자에 벗어 던진 후 나와 함께 문 쪽으로 걸어갔다. 그러다가 문득 셜록을 보고 망설이긴 했지만, 이때 거의 믿기지 않을 만큼 친절한 미소를 머금은 셜록이 부드럽게 고개를 끄덕였다.

세실리도 고개를 끄덕였고 가로등이 켜질 무렵 우

리 셋은 이스트 런던 전화 교환소를 빠져나왔다. 붐비는 거리에서 만난 일부 구경꾼이 야유를 보내는 가운데 — 우리는 대꾸도 하지 않는 채 — 마침내 해럴드가 우리를 봤고, 이내 그의 솔직하고 소탈한 얼굴엔 안도의 기색이 역력했다.

18장

"잠깐만요." 세실리가 마차 앞에 멈춰 서서 셜록에게 말했다. "홈즈 씨, 절 아버지 손에 넘기실 건가요?"

"아뇨." 오빠가 씁쓸한 표정으로 말했다. "전 자연의 순리를 어길 작정이에요. 바로 당신의 아버지를 당신과 당신 어머니의 손에 넘길 거거든요."

"진심이신가요?"

"네, 에놀라는 더더욱 그럴 거고요." 곧이어 오빠는 고개를 숙여 손을 내밀었고, 세실리는 오빠의 도움을 받아 마차에 올라탔다.

"그게 무슨 뜻이죠?" 내가 세실리 옆에 앉기 위해 올라탈 무렵 그녀가 물었다.

그렇게 마차가 우리를 사진작가의 작업실로 데려가는 동안 난 그녀에게 내 계획을 설명했다. 한 가지 설

221

명이 끝나면 또 다른 설명이 필요해 시간이 좀 걸렸다. 레이디 세실리는 열심히 귀담아들으면서도 시종일관 사색에 잠기며 바람만큼 내 제안을 열정적으로 받아들이진 않았다.

"아버지가 정말로 범죄를 저지르셨나요?" 호소하는 듯한 이 질문에 난 깜짝 놀랐다. 설마 아버지에 대한 애정이 있으리라고는 예상치 못했기 때문이다. 하지만 네 살 때부터 아버지가 없던 나로선 부녀간의 유대감에 관해 알 턱이 없었다.

"주로 파렴치한 일을 저질렀죠," 내가 대답했다. "죽은 하인들을 가족에게 보내 장례를 치르도록 해야 할 판국에 시신을 해부실 같은 데 팔아넘겼거든요. 그 사실이 알려지면 끔찍한 추문이 될 거예요."

"이번엔 유스타스 경이 제대로 법망에 걸려든 것 같군요," 지금까지 입도 뻥긋하지 않던 셜록이 말했다. "하지만 당연히 하인들의 가족들은 그를 고발하지 않았죠. 자기들의 분수를 알았으니까요. 그러니 행여나 당신의 아버지가 법정의 피고석에 서게 될 걸 염려할 필요는 없어요. 자, 레이디 세실리, 아버지를 협박할 이 검 같은 수단을 받아들이실 건가요?"

"네," 그녀가 말했다. "기꺼이요." 하지만 기뻐하기보단 진지하고 조용한 모습이었다.

"그러면 이제 당신이 조건을 정해봤으면 해요."

"조건이요?"

"투항의 조건 말고," 내가 울화통이 터져 설명했다. "승리의 조항 말이에요. 장차 당신 아버지가 어떻게 처신해야 할지를 규정한 조항, 곧 요구목록이요."

"요구목록이요?" 세실리가 힘없는 목소리로 말했다. 난 그녀의 얼굴을 살피려고 애썼으나 밖이 이미 어두워지고 있어 마차 안의 빛이 충분하지 않았다.

"세실리," 내가 다소 거칠게 말했다. "제발 돌아와요."

"저, 음, 정말 미안한데, 이해가 잘 안 가네요." 이제 세실리는 생쥐만큼이나 기백 없는 온순한 목소리로 말하고 있었다. 틀림없이 마차에서 말하는 동안 세실리의 왼손잡이 인격이 사라진 게 분명했다.

셜록이 유스타스 경의 비리가 적힌 해당 쪽은 물론, 그 빨간색 가죽 커버 수첩 전체에 대한 사진 복제를 위해 사진작가의 작업실에 들어가 있는 동안, 난 세실리와 함께 마차 안에서 그녀를 위한 요구목록을 작성해나갔다. 물론 내 가슴 확대 보정기엔 평소처럼 종이와 연필이 들어 있던 터라 그것들을 꺼내 가로등 불빛에 의지해 아래처럼 써 내려갔다.

1) 레이디 테오도라, 레이디 세실리, 그리고 레이디 세실리의 자매 중 그 누구도 다시는 침실 혹은 내실에 갇히거나 옷, 음식, 음료와 같은 필수품을 빼앗겨선 안 된다.

2) 유스타스 경은 항상 아내를 존중하고 아내와 아이들의 훈육에 관해 상의해야 한다.

3) 레이디 세실리가 가족의 거주지가 아닌 다른 곳에서 살고자 할 경우 유스타스 경이 걸림돌이 되어선 안 된다.

4) 레이디 세실리가 정신과 의사와 상담하고 싶어 할 경우…….

셜록 오빠가 그 자그마한 빨간색 가죽 커버 수첩과 커다란 사진 뭉치를 가지고 돌아올 무렵, 난 여기까지 쓴 상태였다. "사진들이 손상될 경우를 대비해 친구가 사진판을 보관해준다는구나." 오빠가 수첩과 사진 뭉치를 여봐란듯이 건네며 말했다. "근데 어디에 보관할지 생각해봤니?"

"실은 라고스틴 박사의 사무실에 숨겨두려고 했는

데요. '한 가지 곤란한 일이 생겼어요." 난 고개를 약간 기울여 보이며 오빠의 주의가 세실리를 향하도록 했다. 지금 세실리는 이게 마치 우리의 일이고 자기와는 상관도 없는 양 예의 바른 얼굴로 우리의 대화엔 아랑곳하지 않고 있었다. "세실리가 다시 오른손잡이 인격으로 변했어요. 아무래도 이 상태라면 곧장 아버지에게 라고스틴 사무실의 장소를 알려줄 것 같아요."

마차 안에서 세실리의 맞은편에 앉아 있던 오빠가 몇 분간 그녀를 유심히 살펴보았다. 딱 봐도 연초 그득한 파이프담배 생각이 간절한 눈치였다. 지금 세실리는 문젯거리였기 때문이다.

결국 오빠는 "처음에 네 말을 믿지 못한 걸 사과하마."라고 말했다.

"그런 어처구니없는 말을 어떻게 믿겠어요? 하지만 이제 오빠도 제 계획의 허점이 보이겠네요. 세실리가 치료를 받지 않는 한, 자립할 수 있단 확신도 가질 수 없다는 사실. 이 얘기는 곧 누군가 세실리를 대신해 말하고 행동해야 한단 소리죠. 오늘 밤뿐만 아니라 앞으로도 오랫동안요."

"이제 보니 레이디 테오도라는 딸의 대리인 같은 존재였더구나." 셜록 오빠가 다소 확신이 없는 투로 말했다.

"맞아요, 그렇지만 실패했죠. 결국 제게 하인들의 이름을 알려준 건 레이디 테오도라의 하녀였으니까요. 레이디 테오도라는 상당히 겁에 질린 듯했어요."

"그럼, 레이디 테오도라가 안 된다면, 누가 대리인 역할을 하지?"

"오빠요."

그러자 오빠는 조금의 망설임도 없이 조곤조곤 답했다. "난 못한다, 에놀라. 난 협박엔 관여하지 않을 생각이야."

"하지만 돈만 요구하지 않는다면……."

"그래도 여전히 갈취지. 간접적으로 돈을 요구하는 거니까." 고개를 끄덕이며 내 요구목록을 거꾸로 읽어가던 오빠가 말했다. "레이디 테오도라가 별거를 원할 경우 지원 비용 또는 정신과 진료비용을……."

순간 난 발끈해서는 열을 내며 언성을 높였다. "맘대로 부르세요, 공갈이든 갈취든. 그런데 유스타스 경은 그런 취급을 받아도 마땅하지 않나요? 정말 아무리 정당한 사유로도 예외는 둘 수 없는 건가요?"

"그래, 그럴 수 없단다." 묘하게도 오빠의 목소리는 꽤 부드럽게 들렸다. 마치 날 실망시킨 걸 후회라도 하는 것 같은 목소리랄까. "그럼, 에놀라 널 위해서도 안 될 말이지."

난 입을 열었지만 딱히 쏘아붙일 말이 없어 다시 함구했다.

"네 일은 네가 알아서 하려무나." 셜록이 더욱 냉정하게 덧붙였다.

에놀라, 넌 혼자서도 아주 잘 해낼 거야. 엄마의 목소리가 머릿속을 맴돌았다.

나는 한숨을 내쉬며 최선의 방안을 고민했다.

"네, 맞아요, 셜록 오빠." 놀랍게도 내 목소리는 확신에 찬 듯 합리적으로 들렸다. 난 다시 마차 창밖으로 고개를 내민 뒤 오랫동안 수고 중인 해럴드에게 이 망측한 증거물을 당분간 숨겨둘 내 숙소로 가달라고 지시했다.

전문 여성 클럽에 도착한 난 유스타스 경의 빨간 가죽 커버 수첩과 사진 복제본을 내 방 매트리스 아래 숨겼다. 전혀 기발하진 않아도 다음번 침구 교체일까지 그 어떤 잠재 약탈자도 손대지 못할 만한 안전한 장소였기 때문이다. 물론 그 전에 수첩과 사진들을 좀 더 현명한 비밀 장소로 옮겨야 했다.

침대보를 정돈하며 문득 거울에 비친 내 모습을 보게 됐는데 잔뜩 꾸민 연보랏빛 모자에 절로 인상이 찌푸려졌다. 세상에, 무슨 이런 우스꽝스러운 모자가 다

있담! 유스타스 경은 둘째치고, 누가 과연 유행에 눈 멀어 치장만 해대는 수다쟁이를 진지하게 받아들일 수 있을까?

바깥에서 마차와 셜록 오빠, 세실리가 기다리고 있어 옷을 갈아입을 시간은 없었다. 하지만 모자는 벗고 싶은 마음에 힘껏 비틀어 떼어냈고 그 여파로 모자 고정용 핀과 머리핀이 덩달아 떨어져 나갔다. 중력의 도움을 얻고자 난 몸을 구부려 더 많은 머리핀을 떨어낸 후 손가락을 이용해 머리카락을 빗었다. 그러고는 다시 똑바로 서서 거울을 보았다. 그런데 다음 순간 내 눈에 포착된 건 웬 고르곤(머리가 뱀이라 보는 사람마다 무서워 돌이 되어버렸다는 세 자매 중 하나로 특히 페르세우스에게 살해된 메두사를 지칭-역주) 같은 유령이 떡하니 버티고 서 있는 모습이었다. 삼단 같은 머리카락이 사방팔방 구불구불 뻗쳐 있는 그 몰골이란, 과연, 광녀가 따로 없는 꼴이었다.

"음, 뭐 나쁘지 않아."라고 툴툴대면서 난 문밖과 뒷계단을 지나 전혀 숙녀답지 않은 재빠른 걸음으로 마차를 향해 나아갔다.

마차 안을 들여다보니 세실리만 있고 셜록은 보이지 않았다.

"그 신사분은 집까지 걸어가신다네요, 에놀라 아가

씨." 해럴드가 유쾌하게 말했다. — 필시 오빠가 해럴드에게 후한 돈을 지불한 모양이다 — 하지만 그 소식은 전혀 유쾌하지 않았다. 오히려 오빠를 향한 유치한 서운함이 밀려왔다. 오빠가 다시 돌아오면 얼마나 좋을까. 유스타스 경과 담판을 벌이는 일에 오빠가 동참해주면 얼마나 좋을까.

하지만 해럴드가 "다음은 어디로 가야 할까요, 에놀라 아가씨?"라고 물었을 때 난 이미 *혼자서도 아주 잘 해낼 거야.* 이 말을 되새기며 다시금 마음을 다잡는 중이었다.

그때 내 머리카락을 본 세실리가 — 다시 왼손잡이 숙녀의 생기를 되찾은 모습으로 — 자리에서 불쑥 일어나 말했다. "에놀라! 대단한 사자 갈기 머리군요! 어디서 자전거라도 타고 왔나 보죠?"

순간 난 웃지 않을 수 없었다. "전혀요, 저녁 내내 당신과 함께 있었는걸요."

"정말요? 기억이 잘 안 나요. 여기는 어디고 뭘 하고 있는 거죠?"

"알리스테어 가로 가주세요." 내가 마차에 타며 해럴드에게 짧게 말했다. 물론 그는 주소를 알고 있었다. 우리가 탄 마차가 출발한 후, 난 다시 세실리에게 말했다. "전화 교환소에서 일했던 건 기억나나요?"

"그럼요! 정말 좋아하는 일인걸요. 물론 곧잘 하기도 했고요. 그러다 당신과 당신의 오빠가 왔고, 다음 순간 아무 기억이 없어요." 문득 그녀의 사랑스러운 얼굴이 괴로움으로 굳어졌다. "에놀라, 왜 기억이 안 날까요? 아무래도 제게 문제가 있는 게 틀림없어요."

아, 이리도 불쌍할 수가! 하지만 감상에 젖을 시간 따위 없었다. 그녀의 아버지와 담판 지어야 할 지금은 그럴 수 없었다. 그래서 난 가급적 단호한 어조로 말했다. "그런 인식을 하는 것만으로도 이미 당신은 그 증상을 극복해나가고 있는 거예요."

"그런데 그 증상이 뭐죠? 대체 제게 무슨 일이 일어나고 있는 거죠?"

아마도 언젠가 우리는 그 증상에 관해 자세히 이야기할 것이다. 하지만 일단 난 이렇게만 말했다. "당신은 한 시간가량 정신을 잃었어요. 뭐, 그딴 건 중요치 않아요. 지금처럼 강한 상태로 당신 아버지에게 맞설 수만 있다면요."

"아버지!? 하지만 아버지가 저에 대한 진실을 알게 된다면, 아버지는 절 정신병원에 가둘 거예요." 그녀가 신음 소리 가운데 몸을 부들부들 떨며 두 손으로 얼굴을 가렸다.

"진실이요? 무슨 진실이요? 당신이 왼손잡이라는 진

실이요? 세실리, 당신이 아버지에 관해 알고 있는 진실을 한번 떠올려볼래요? 그것만 있으면 아버지를 감옥에 넣을 수 있어요."

세실리에게 그토록 엄하게 말한 건 정말이지 이번이 처음이었다. 그동안 고함치고 괴롭혀댄 그녀의 아버지를 빼면, 아마 이렇게 말한 이는 내가 처음이었으리라. 하지만 사자 갈기 머리를 하고 있을지언정 으르렁거리진 않았다. 좀 화가 나긴 했지만, 그 화가 세실리를 향한 건 아니었다.

세실리가 차분하고 조용해진 상태로 똑바로 앉아 날 바라보았다. 나도 그녀를 쳐다보았다. 캄캄한 마차 안은 눈물로 반짝이는 세실리의 눈 외에 거의 아무것도 보이지 않았다. 눈물을 닦은 그녀가 마차 좌석에 손수건을 놓은 뒤 내게 손을 내밀었다. 문득 왼손을 내미는 그녀의 모습에 안도감이 밀려왔다.

그때 속도를 줄여가던 마차가 그녀의 집 앞 연석에 멈춰 섰다.

19장

　무표정한 집사 스마이드가 현관문을 열었을 때 함께 팔짱을 낀 채 서 있는 우리를 보고는 — 그러니까 갈색 평상복 차림의 세실리와 야만인에 버금가는 헤어스타일의 나를 보고는 — 표정이 살짝 일그러졌다. 하지만 마치 꼭두각시 인형처럼 모양의 변화 없이 벌어지기만 한 그의 입에선 아무 말도 나오지 않았다.

　"잘 있었어요, 스마이드? 어머니와 아버지는 집에 계신가요?" 나와 함께 현관으로 경쾌하게 들어가던 세실리가 지저귀듯 말했다. 그녀가 집사를 향해 왼손을 흔들며 지나가는데 문득 기대 반, 두려움 반 — 그녀라면 아버지에게 맞설 수 있을 거라는 기대 반, 그래도 실패하면 어쩌지 하는 두려움 반 — 으로 심장이 요동쳤다.

"스마이드, 거기 누구야?" 유스타스 경이 틀림없는 고함 소리가 서재에서 우렁차게 들려왔다. 방금 자기 딸의 목소리를 들은 사람치고 이 질문은 이상해 보였다. 하지만 다음 순간 바로 깨달았다. 아마도 전에는 세실리로부터 그런 경쾌한 어조를 들어본 일이 없었으리라.

그런데 지금 유스타스 경은 뭔가 낌새를 챘거나 의심하고 있는 게 분명했다. 스마이드의 답은 기다리지도 않은 채 서재 문을 쾅 닫고 뛰쳐나오는 걸 보니. 살오른 다섯 발가락이 오밀조밀 달려 있는 그 통통한 발로 말이다. 결국 그는 우리 앞을 막아섰고, 우리는 멈춰 설 수밖에 없었다. 다음 순간 그의 두 눈이 우리에게 꽂혔다. 돼지 눈처럼 작은 단추 눈이 놀란 나머지 이제 거의 보통 크기만큼 커져 있었다.

"당신! 이 정신 나간 여자야!" 마치 자기 손가락이 결투용 권총이라도 되듯 날 가리키던 유스타스 경은 내 옆에 선 세실리가 일전에 사라졌다 다시 나타난 자기 딸이라는 사실도 인식하지 못하는 눈치였다. "너, 이 정신 나간 도둑 같으니! 훔쳐간 내 물건 어디 있어? 당장 돌려줘. 안 그러면 경관을 부르겠어!"

난 입도 뻥끗하지 않았다. 지금은 그래야 했다. 세실리가 약하게 굴복할 운명이든 아니면 강하게 저항

233

할 운명이든, 지금은 그녀에게 오롯이 이 운명의 순간을 맡겨야 했다. 하지만 그러자니 모든 게 멈춰 선 느낌이었다. 숨도 제대로 쉴 수 없고, 세실리의 손을 잡으려 해도 손가락 하나 까닥할 수가 없었다. 지금껏 침묵이 이처럼 내 귓가를 마구 두들겨댄 적도, 또는 이처럼 길게 늘어진 적도 없는 듯했다.

"그러지 마세요, 아버지!" 세실리의 우렁찬 명령 소리가 크게 울려 퍼졌다. "아버지가 감옥에서 죗값을 치르도록 경찰을 불러야 할 사람은 바로 저예요!"

순간 자신의 악행이 생각난 건지, 아니면 세실리의 말에 충격을 받은 건지, 말문이 막힌 유스타스 경이 멍하니 바라보기만 했다.

"아버지, 다시는 절 방에 가두지 마세요." 세실리가 좀 더 부드럽지만 강한 어조로 말했다.

이제는 나도 말할 수 있었다. "우리는 티머시 버크와 이머전 손더스 그리고 그 불운한 심즈가 누군지 알고 있어요. 그뿐 아니라, 당신이 그 시체들과 더 많은 시체를 가지고 뭘 했는지도 알고 있고요."

234 "물론 증명할 수도 있고요." 세실리가 덧붙였다.

이제 난 격려를 위해 그녀의 손도 꼭 잡을 수 있었다. "네, 맞아요. 당신의 가장 흥미로운 거래 기록이 우리한테 있거든요. 공문서만 떼어봐도 바로……."

순간 유스타스 경이 내지르는 무언의 포효가 내 입을 틀어막았다. 그러고는 날 향해 돌격해오는 황소처럼 어깨를 구부리고 머리를 내민 채 고래고래 소리쳤다. "당신, 당신이 누구든 당장 여기서 나가. 다신 내 딸 근처에 얼씬도 하지 말고!"

그때 세실리가 떨기 시작하며 내 손아귀에 있던 그녀의 손이 축 늘어졌다. 다음 순간 그녀가 고개를 숙인 채 자리에 털썩 주저앉았다. 다시 한번 진정한 왼손잡이 숙녀의 자아를 잃어버린 것이다. 물론 어쩔 수 없는 일인 건 나도 알았다. 하지만 문득 좌절이 밀려오며 슬픔이 복받쳐 올라왔다.

유스타스 경의 우렁찬 고함은 아직 끝나지 않았다. "누구도 내 말을 거역할 수 없어. 누구도 내 집에서 이래라저래라할 수 없다고! 당장 나가지 않으면, 지하실에 가둬버릴 테다!" 그가 날 향해 진격해왔다.

그 무식한 자는 날 물리적으로 제압하려 들었다! 난 세실리의 손을 놓고 코르셋 앞쪽의 단검을 집기 위해 손을 뻗었다.

하지만 난 단검을 꺼내지 않았다. 그때 위쪽에서 "터무니없는 소리 작작 좀 하시지, 알리스테어." 하는 청아하고도 고압적인 목소리가 들려왔기 때문이다.

유스타스 경이 깜짝 놀라 멈춰 섰다. 그도 그럴 것

235

이 그는 아직도 자기 아내가 내실에 갇혀 있다고만 생각하는 눈치였다. 유스타스 경이 뒤를 돌아보려 몸을 돌리는데 그의 돼지 같은 눈이 휘둥그레졌다.

세 가지 직물로 짠 우아한 에메랄드빛 드레스에 가지런히 정돈된 머리를 고고하게 쳐든 위엄은 비록 두 막내 자녀 — 이제 막 걸음마를 배우는 아이와 다섯 살배기 아이 — 가 다신 안 놓을 기세로 그 스커트 자락에 달라붙어 있을지언정 조금도 실추되지 않았다. 거기엔 그렇게 레이디 테오도라가 서 있었다. 그 모습을 바라보고 있던 바로 그 순간 그녀가 레이디 비엔나 스테드웰과 팔짱을 낀 채 중앙 계단을 내려왔다.

오, 레이디 비엔나! 난 그녀에 관해 까맣게 잊고 있던 차였다. 아직까지 이 불쾌한 저택에 남아 대체 뭘 하고 있었던 걸까? 난 그녀가 한시바삐 마차를 타고 집으로 돌아갔을 줄 알았다.

하지만 그건 참으로 주제넘은 생각이었다! 그날 틀림없이 레이디 비엔나와 레이디 테오도라는 오후 내내 돈독한 관계를 맺었을 거고, 그 와중에 레이디 테오도라는 자녀와 재회하는 시간도 가졌을 거다.

계단을 내려온 레이디 테오도라는 마치 연단에 선 듯 턱을 치켜든 채 층계참에 서 있었다. "알리스테어, 이미 편지는 다 써놨어요." 그녀가 남편에게 말했다.

"그 편지들의 수신처는 《타임스》, 《팰맬 가제트》, 《데일리 텔레그래프》등 런던 전역의 신문사예요. 그러니 최악의 추문에 휘말리고 싶지 않거든, 지금부턴 훨씬 존중하는 자세로 저와 딸을 대해야 할 거예요."

그때 고개를 들어 자기 엄마를 바라보던 세실리가 내 손을 놓고 어린애처럼 달려가 충동적으로 그녀를 와락 껴안고는 그 어깨에 머리를 기댔다. 그러자 레이디 테오도라도 딸을 꼭 껴안고 쓰다듬었다.

"레이디 테오도라," 방 건너편에 있던 내가 그녀에게 외쳤다. "유스타스 경에게 추문이 나을까요, 아니면 감옥이 나을까요? 아니면 둘 다가 좋을까요?"

통쾌하게도, 순간 유스타스 경은 꿀 먹은 벙어리가 된 모양새였다. 그의 얼굴은 마치 곧 뇌졸중으로 쓰러지기라도 할 듯 수심 가득한 자두 빛을 띠었다. 그래도 솔직히 인정컨대 유스타스 경에 대한 걱정 따윈 들지 않았다.

내 질문에 미소 띤 얼굴로 바라보던 레이디 테오도라가 딸을 안은 채 의미심장하게 어깨를 으쓱해 보였다. "상관없어요. 전 순종적인 아내였거든요. 그러니 부끄러울 게 뭐가 있겠어요."

유스타스 경이 식식거리기 시작했다. 그 소리가 마치 회전 꼬챙이의 두툼한 거위 고기가 구워질 때 기름이 불 속으로 떨어지며 나는 소리 같았다고나 할까.

난 그 찰나를 포착해 유스타스 경을 향해 돌진했다. 여자로선 안타깝게도 셜록 오빠만큼 큰 키에 헤어스타일까지 충격적인 내 몰골은, 분명, 광란의 여전사로 보일 터였다. "보시다시피 유스타스 경, 당신을 망가뜨릴 수 있는 자는 여기 셋이나 돼요."

"넷이죠." 그때 레이디 비엔나 스테드웰이 조용히 목소리를 냈다.

"우리 넷이요," 내가 정정했다. "우리 모두 당신 기록의 사진 사본을 가지고 있거든요." 음, 조만간 그들 모두 그의 사진 사본을 소유할 수 있도록 해야겠다. "……당신이 그 저열한 윤리 의식으로 죽은 사람의 시체를 팔고, 그것도 모자라 그 시체의 머리를 깎아 가발로 팔고, 이를 뽑아 틀니로 만들던 걸 입증할 기록의 사진 사본들 말이에요." 그다음 난 유스타스 경에게 들이밀 요구목록을 꺼내들었다. "고로, 잘 들어요, 안 그랬다간 그에 상응하는 결과와 마주하게 될 테니까요. 첫째, 레이디 테오도라와 레이디 세실리, 그리고 레이디 세실리의 자매 중 그 누구도 다신 침실에 가둬선 안 돼요……."

그런데 그때 느릿느릿 부채를 펼쳐 든 레이디 비엔나가 목소리를 드높였다. 그 목소리는 어찌나 달콤하고 차분하던지 바로 모든 소리를 제압해버릴 정도였다. "난 레이디 세실리에게 비엔나에 함께 가자고 권할 계획이랍니다."

문득 엄마의 어깨에서 고개를 든 세실리의 입 모양이 O자가 되었다. 모나리자처럼 미소 짓고 있는 레이디 테오도라를 빼면, 모두가 거의 똑같은 입 모양을 하고 레이디 비엔나를 얼빠진 듯 바라봤다.

그러자 상아와 손뜨개 레이스, 석류석 및 악어가죽으로 만든 부채를 든 손으로 대수롭지 않다는 듯 손짓을 해 보이던 레이디 비엔나가 말했다. "실은 테오도라와 대화를 나누다가 생각난 거예요. 알다시피 내 이름도 비엔나에서 따온 거라 항상 그 도시를 방문하고 싶었거든요. 가는 김에 세실리도 나와 동행하면서 그곳의 신규 의과대학에 다니는 내과 수련의들을 만나봐도 좋을 듯하고요."

"대단한걸요!" 비엔나에게 감사를 표하며 내가 소리쳤다.

동시에 유스타스 경이 꽥꽥거렸다. "뭐? 터무니없는 소리! 난 결단코……."

내가 그에게 맞받아쳤다. "당신에겐 남은 거라곤 추문과 감옥행뿐이에요, 유스타스 경. 이대로 바뀌지 않는다면 말이죠."

유스타스 경이 붉게 일그러진 얼굴로 날 돌아보며 말했다. "당신! 쓸데없는 참견이나 해대고 말야! 대체 당신 누구야?"

그에게 내 이름을 알려주는 건 현명치 못한 처사일 터였다.

"당신이 몰래 도둑질하고 괴롭히고 다니는 걸 막을 사람이지." 내가 말했다.

"내가 전에 말했듯, 내 조카딸인 오버지나일세." 레이디 비엔나가 거들었다.

"배짱 두둑하고 존경할 만한 내 여동생이지." 그때 꽤 귀족적이고 위엄 있는 남자 목소리도 덩달아 들려왔다.

"셜록 오빠!" 순간 숨을 헐떡이며 내가 돌아섰다. 현관문(심히 당황한 집사가 제대로 닫아놓지 못한 그 문) 안쪽으로 우뚝 솟은 실크해트와 셜록 오빠, 모든 게 눈에 들어왔다.

"오 자네로군!" 레이디 비엔나가 셜록 오빠에게 소리쳤다. "짧은 바지나 입고 다니는 꼬마 때 보고 처음 보는 것 같네!"

240

"비엔나 고모님," 오빠가 모자를 벗고 인사했다. "절 기억해주시다니 영광이네요. 여동생이 용건을 마치고 나면 저희 마차로 함께 가시겠어요?"

"사랑하는 오버지나, 용건은 마친 거니?" 레이디 비엔나가 물었다.

내 가명을 들은 오빠의 꼭 다문 입이 장난스럽게 씰룩거렸다. 순간 웃음이 새어 나올까봐 난 다시 당장이라도 싸울 기세의 남작에게로 얼굴을 돌렸다.

"유스타스 경, 요구목록에 동의하나요?" 그걸 다 읽었는지 따위 상관없는 얼굴로 내가 물었다. 결국 그 목록도 다 이 한 문장으로 귀결되었기 때문이다. 곧 그는 더 이상 폭군 가장처럼 굴지 말아야 했다.

"내게 선택권이 있기는 한가요?" 이제 뽀로통한 말투로 유스타스 경이 말했다.

"당연히 없죠. 자, 동의하시죠. 그러지 못하겠다면 레이디 테오도라가 언론사에 그 편지들을 보낼 거예요. 실은 지체 없이 발송토록 직접 들고 갈 마음도 있어요."

유스타스 경은 뻔뻔스럽게도 입을 꾹 닫았다.

내가 고집스럽게 따져 물었다. "유스타스 경, 당신의 행실을 고치는 데 동의하느냐고요? '네, 아니요'로 답하세요."

"네." 그가 으르렁거리며 답한 뒤 집 뒤쪽으로 쿵쾅대며 뛰쳐나가더니 곧 시야에서 사라졌다.

"여긴 어쩐 일이에요?" 우리 둘뿐인 마차 — 레이디 비엔나는, 정말 흐뭇하게도, 레이디 테오도라의 요청으로 그 집의 손님(이자 필시 든든한 지원군)으로 묵기로한 터였다 — 에 오르며 내가 말했다. "해럴드 말이 오빠는 걸어서 집에 갔다던데요."

"네 친구 해럴드는 참 귀감이 될 만한 마부더구나. 친절하게도 날 자신의 마부석 아래 숨겨주었지."

"그런데 왜죠? 이런 비도덕적인 일엔 손 떼고 싶은 줄 알았는데요."

"그렇긴 하다만 신나는 일이라 구경하고 싶었지. 그런데 머리는 왜 그리 섬뜩하게 하고 온 거니?"

"맞아요, 섬뜩하죠."

"으이구, 이 녀석."

덜커덕거리는 마차 안에서 난 한동안 입을 다문 채 즐거운 생각에 잠겨 있었다. 셜록 오빠는 진짜 신나는 일을 구경하러 온 것뿐일까? 혹시 거리를 두려곤 했지만 여동생에 대한 걱정으로 여기까지 오게 된 건 아닐까?

난 어두운 마차 안에서 몰래 빙긋 웃기만 했을 뿐, 오빠에게 그런 질문을 건네진 않았다.

"에놀라," 분명 오빠가 여기까지 온 데는 나름의 꿍꿍이가 있을 터였다. "이제 전운도 가라앉았으니 어떻게 레이디 세실리를 찾게 됐는지 말해주겠니? 혹시 나 모르게 세실리가 소식을 전해온 거니?"

난 여전히 빙긋 웃으며 고개를 저었다.

"제대로 말해주려무나."

"아뇨, 세실리는 더 이상 메시지를 보내지 않았어요. 하지만 세실리를 찾는 일은 누워서 떡 먹기였어요, 친애하는 셜록 오빠." 난 가끔 오빠의 현학적인 어조를 흉내 내곤 했다. "불가능한 선택지를 하나둘 제하다 보니 알겠더라고요. 일단 세실리에겐 돈벌이용 일자리가 필요했어요. 그런데 공장에서 일하기엔 너무 여성스러웠고, 사무실이나 신문사에서 일하기엔 타자기를 쓸 줄 몰랐죠. 그렇다고 가게나 우체국의 점원으로 일하려면 적어도 남 앞에 내보일 만한 옷이 필요했어요. 그건 유모나 가정교사도 마찬가지였죠. 고로 남은 선택지는 얼마 없었어요. 게다가, 이전 대화에서 전 세실리가 전화에 상당한 관심이 있다는 걸 눈치챘죠. 고로 전화 교환국에 가면 세실리를 찾을 수 있을 거란 직감이 오더군요."

왓슨 박사가 옆에 있었다면, "대단하네요!"라고 외칠 만한 순간이었다. 난 그런 반응을 기대했지만, 오빠는 그저 미심쩍어하는 투로 "그렇구나."라고 말할 뿐이었다. "그런데 왜 하필 그 전화 교환국에 간 거지?

다른 곳도 많았을 텐데."

"세실리는 이전의 여러 사건과 불상사를 겪으면서 이스트엔드라는 곳을 알게 됐어요. 보통 강압에 시달리는 사람들은 자신이 아는 곳으로 돌아가는 경향이 있죠."

"아." 셜록이 말했다.

이후 마차가 전문 여성 클럽 앞에 설 때까지 우리는 다시 침묵했다. 해럴드가 브라우니의 고삐를 잡고 인내심 있게 기다려줄 무렵, 오빠가 입을 열었다. 물론 내게 잘 자란 말을 남긴 건 아니었다.

"에놀라, 이제 무엇을 할 계획이니?" 오빠가 다소 느닷없이 물었다.

"해럴드랑 잘 얘기해서 그의 마구간에 제 특별한 물건들을 좀 숨겨두려고요. 자고 난 후 내일은 머리도 좀 손질하고요. 그리고 그동안 소홀히 했던 공부도 좀 해야죠."

"그거 말고. 런던 여성 아카데미로 돌아가기 전에 며칠 더 시간이 있을 텐데. 뭐 긴급히 처리할 문제라도 있니?"

"아뇨." 나도 오빠처럼 평소 음악 공연을 즐긴다는 걸 넌지시 알려주고 싶었지만, 그래봤자 무슨 소용이랴 싶어 탄식하듯 말했다. "뭐, 틀림없이 오빠는 있겠죠."

"실은, 몹시 특이한 사건 하나가 들어왔단다. 그래서 말인데…… 네 그 독특하고 지적인 여성의 관점으로 이 사건에 관해 편하게 이야기를 좀 나눌 수 있을까?"

우선 난 숙녀다운 침착한 투로 말했다. "물론이죠, 친애하는 오빠." 그러고는 괜히 빈정대듯 콧방귀를 끼고 돌아서서는 오빠의 목을 와락 껴안았다.

"에놀라!" 놀라긴 해도 불쾌해하는 기색 따윈 없는 얼굴로 오빠가 아주 부드럽게 몸을 떼며 말했다. "그럼 내일 점심은 어떠니? 베이커가 괜찮지?"

"최고급 모자를 쓰고 갈게요."

"녀석, 또 시작이구나."

그렇게 오빠의 도움으로 마차에서 내린 난 떠나는 마차를 향해 웃는 낯으로 손을 흔들며 인도에 서 있었다.

에필로그

자신과 레이디 비엔나를 태우고 영국 해협을 건널 증기선에 탑승하면서 세실리는 이 매끈한 배 — 높이 솟은 두 개의 굴뚝 위로 하늘을 날듯 더 높이 솟아 있는 두 개의 깃대가 마치 자신의 두 영혼과도 같은 배 — 보다 아름다운 건 거의 본 일이 없다고 느꼈다. 아버지의 계략을 넘어 그 폭정에 저항한 세실리는 이제 그 손아귀에서 벗어나 대륙으로 향하는 중이었다!

이는 모두 여태 세실리가 만난 어른 중 유일하게 자신의 곤경을 진정으로 이해해준 레이디 비엔나 스테드웰의 거의 기적적인 도움 덕분이었다. 그도 그럴 것이 레이디 비엔나 본인도 왼손잡이로 태어나 세실리의 역경을 완전히 이해했을뿐더러, 세실리의 투쟁에 대해서도 지지했기 때문이다. 더욱이 그녀는 세실리를 좋아하는 기색이 역력했다! 물론 그건 세실리도 마찬가지였다.

갑판에 오른 세실리와 레이디 비엔나는 나란히 난간에 섰다. 배웅을 위해 선착장에 나온 밝은 차림의 사람들을 내려다보면서 세실리는 자신의 금빛 머리카락이 바닷바람에 살랑이는 걸 느꼈다. 아직 고아의 머리처럼 꽤 짧기는 해도 더는 사람들의 미심쩍은 눈초리에 신경 쓰지 않았다. 상쾌한 소금 냄새와 신선한 공기가 새 출발에 나서는 그녀의 내면과 절묘한 조화를 이뤘다.

배의 난간에 손을 얹은 세실리가 자신을 배웅 나온 엄마와 또 한 사람을 향해 미소 지었다. 바로 에놀라였다. 세실리는 특유의 스타일리시하고 흥미로운 최신 패션 차림으로 자신의 선홍색 폴로네즈에 딱 어울리는 모자 — 마치 그 챙에 선홍색의 진짜 체리가 한가득 맺혀 있는 듯한 모자 — 를 쓰고 있었다. 에놀라의 얼굴에 장난기 어린 미소가 번졌다. 하지만 세실리의 눈엔 에놀라가 — 심지어 자기 어머니 옆에 섰는데도 — 다소 외로워 보였다. 결국 떠나고 있는 건 에놀라의 친구들이었기 때문이다.

세실리는 언제 다시 에놀라를 보게 될지, 에놀라 없이 앞으로 어찌 헤쳐 나갈지 알 수 없었다. 이따금 험난한 해협을 건너다 배멀미를 하게 될 수도 있다. 또 프랑스 사람들이 자기네 말을 하려고 노력하는 세실리를 비웃을 수도 있다…….

그러다 보면, 마치 배수구 뚜껑이 열린 듯 자신감과 행복이 모두 휩쓸려 내려갈 수도 있다. 또 고향을 너무 멀리 등지고 왔단 사실에 겁을 집어먹은 자아가 그야말로 소심하고 순해 빠진 무기력한 생명체 같은 몰골로 아래로, 아래로, 아래로 소용돌이치며 휩쓸려 내려갈 수도 있다…….

아니, 그럴 일은 없을 것이다.

전에는 그리 느꼈을지 몰라도, 이번엔 달랐다. 이번엔 세실리가 무슨 일이 일어나고 있는지 인지하기 시작했기 때문이다. 그리고…….

"세실리, 괜찮니?" 레이디 비엔나가 물었다.

"그럼요." 세실리가 속삭였다.

그 순간 배의 경적이 요란하게 울려대는 통에 아무도 그녀의 말을 들을 수 없었다. 선원들이 (출항을 위해) 밧줄을 풀어 던지고 있었다. 갑판이 서서히 세실리의 발밑에서 무시무시한 기세로 움직이기 시작했다. 그녀가 두 손으로 난간을 꽉 움켜쥐었다.

레이디 비엔나가 몸을 돌려 그녀를 바라보았다. "세실리?"

하지만 세실리는 레이디 비엔나를 쳐다보지 않았다. 그녀의 시선은 아래 선착장에 꽂혀 있었기 때문이다. 점점 멀어지는 세실리를 향해 손을 흔들며 작별 인사를 하는 에놀라가 있는 그 선착장 말이다.

그때 세실리는 자신이 해야 할 일을 직감했고, 친구를 위해서라도 최대한 투지를 끌어모아 배의 난간에서 손을 뗐다. 그러고는 손을 높이 들어 에놀라를 향해 흔들었다.

바로 자신의 왼손으로.

어린 시절 우리의 마음을 홀딱 앗아간 『키다리 아저씨』의 제루샤 애봇, 『빨강머리 앤』의 앤 셜리, 『오만과 편견』의 엘리자베스 베넷이 지닌 그 특유의 재기발랄한 끼와 당찬 에너지로 빅토리아 시대 억압된 여성상에 반기를 들고 독보적인 여탐정의 길을 찾아 나선 에놀라 홈즈! 그런 에놀라를 탄생시키고 이야기 편마다 — 특히 지난 6권 『집시여 안녕』 이후 — '작별인 듯, 작별 아닌, 작별 같은' 아련함을 선사해오던 우리의 존경하는 저자 낸시 스프링어가 팬들의 열렬한 호응에 힘입어 다시 한번 단비 같은 "에놀라 홈즈 시리즈" 8권으로 돌아왔다! 일찍이 전 세계 도서 애호가들의 마음을 휘어잡으며 베스트셀러 저자로 등극한 데이어 최근엔 '넷플릭스'판 〈에놀라 홈즈〉로 세계 영화

250

및 드라마 팬들의 눈과 귀까지 사로잡은 낸시 스프링어의 여정이 아직도 '현재진행형'이란 사실은 역자로서 그리고 팬으로서 남다른 감회가 느껴지는 대목이다. 아울러 이는 늘 훅 치고 들어와 연신 입꼬리를 올려주는 요절복통 에놀라의 활약도 업데이트 중이란 뜻인 만큼, 코로나19 장기화와 고물가, 고금리, 고환율로 녹록지 않은 삶을 살아가는 국내 독자와 시청자 팬들에게 설렘 가득한 소식으로 다가와줄 거라 믿는다.

비운의 왼손잡이 숙녀 세실리, 다시 등장하다!

이번 이야기 편엔 2권 『왼손잡이 숙녀』와 4권 『별난 분홍색 부채』의 주인공인 세실리가 재등장한다. 세실리가 누구던가. 상류층에게 금기시된 왼손잡이라는 불운을 안고 태어나 천애 고아 같은 에놀라보다 가혹한 가정환경 아래 납치에 감금, 강제 결혼에까지 휘말리며 에놀라에게 예사롭지 않은 자매애를 불러일으켰던 존재가 아닌가. 4권에서 갖은 우여곡절 끝에 엄마 품으로 돌아간 세실리는 결국 이번 이야기 편에서 폭군 아버지 — 딸의 안위보다 돈 많고 작위 있는 남자와 결혼시키는 데만 늘 혈안이 돼 있는 아버지 — 의 눈에 띄어 집으로 돌아간 뒤 책과 미술 도구는 물론,

옷까지 전부 빼앗긴 채 감옥 같은 방에 감금되는 안타까운 모습으로 등장한다.

특히, 이번 이야기 편에선 세실리에 대한 안타까움이 한층 더 깊어질 전망인데, 바로 그동안 베일에 가려 있던 세실리의 가혹한 운명의 실체인 '이중인격' 문제가 전편보다 훨씬 심도 있게 다뤄진다. 이미 4권『별난 분홍색 부채』를 읽은 독자라면 세실리가 가난한 사람들의 어려운 처지를 느끼고 그 느낌을 세상에서 가장 특별한 숯 그림으로 표현하는 왼손잡이 예술가의 제1 인격과, 사교계에 순응하도록 강요받는 오른손잡이 레이디 세실리의 제2 인격을 지닌 이른바 '이중인격'의 소유자임을 알고 있을 터다. 그런데 이번 이야기 편에선 한발 더 나아가, 그녀의 왼손잡이 인격이 실은 사회에 저항적인 성향을 띤 본연의 진취적인 자아임에도 걸핏하면 자기도 모르게 온순하고 무기력한 오른손잡이 인격이 튀어나오는 안타까운 현실이 추가로 드러날 예정이다! 이처럼 온전한 자립성마저 위협받는 세실리의 이중인격 문제는 천하의 에놀라라도 악의 구렁텅이에 빠진 그녀를 구해내는 데 명확한 한계를 지우는 만큼 과연 이 절체절명의 난국을 어떻게 헤쳐 나갈지 상당한 궁금증이 모아지는 대목이다!

명궁 윌리엄 텔도 울고 갈 에놀라,
이번에도 세실리를 구출하다!

몸에 지니고 다니는 무기라곤 단검이 유일하던 에놀라가 이번 이야기 편에서 꺼내든 새로운 무기(?)는 활과 화살이었다. 하지만 사실 그 무기를 장착한 건 무기 본연의 의미로 쓰기 위함이 아니라, 명궁 윌리엄 텔도 울고 갈(?) 실력으로 집에 갇힌 세실리를 구하기 위함이었다. 물론 십 리 길도 한 걸음부터라고 이걸로 단번에 구할 순 없는 노릇이고, 단지 그 구출의 첫 단계로 〈라푼젤〉의 탑처럼 제법 높은 세실리의 방 창문 안쪽으로 그 화살촉 없는 화살을 날려 보내기 위함이었다. 다만 여기서 윌리엄 텔과 에놀라의 차이점이 있다면, 윌리엄 텔은 아들의 머리 위의 놓인 사과를 단번에 명중시킬 만큼 실력은 물론 집중력까지 겸비한 반면, 에놀라는 오직 세실리를 구해야 한다는 집중력만 있을 뿐 활쏘기 실력은 영 젬병이었다는 것.

나는 여행용 가방에서 가느다란 연날리기용 끈 뭉치를 꺼내 충분히 푼 후 화살 중 하나의 깃털 부분 바로 위쪽에 단단히 묶었다.

비록 전문가는 아니어도 난 활을 쏴본 적이 있었다. 활쏘기는 시골에서 자란 소녀들에겐 흔한 오락거리였기 때문이다. 고로 세실리 방의 열린 창문 ─ 조약돌 따위를 던지는 전통적인 방법으론 닿지도 못할 만큼 높이 달린 창문 ─ 안쪽으로 '쌩' 하는 소리와 함께 화살을 쏜다면, 그녀의 주의를 끌 수도 있겠다는 합당한 확신이 들었다.

(중략) 어쨌든 누군가 소리칠 걱정 따윈 없기에 난 여유롭게 호흡을 가다듬었다. 그러고는 화살을 활시위에 꽂고 힘껏 잡아당긴 뒤 세실리 방 창문 안쪽으로 날려 보낼 만큼 높은 각도로 쏘았다.

아, 빌어먹을, 거기까지 날려 보내는 건 어림도 없는 일이었다! 그러기는커녕 끌리는 연줄 때문인지, 부족한 기술 때문인지, 아니면 순전히 삐딱한 마음 때문인지, 안타깝게도 화살은 2층 창문에 거칠게 부딪힌 뒤 날쌔게 옆으로 빗나갔다. (p. 36~37)

그래도 아직 낙심하긴 이르다. 궁지에 몰릴 때면 그 특유의 똘끼 어린 슈퍼 파워를 끌어모아 온갖 궂은일을 해내는 에놀라가 아니던가. 그런데 잠깐, 이번만큼은 그 '자생적(?) 슈퍼 파워'보다 '외부의 도움'이 절실한 상황. 바로 그때, 누가 에놀라와 영혼의 단짝 아니랄까봐, 왼손잡이 숙녀 세실리가 특단의 기지를 발휘한다. 곧 에놀라가 쏘아 올린 끈 달린 화살이 거듭 빗나가는 걸 지켜보던 세실리가 때마침 그 끈을 대신할 뜨개실 뭉치를 직접 창문 밖으로 풀어 내리기 시작했던 것! 이제 그 손에 쥔 소중한 뜨개실 뭉치로 어떤 구출 작전이 펼쳐질지는 간만에 주도면밀한 에놀라의 진면목을 볼 수 있는 장면인 만큼 꼭 놓치지 말고 챙겨 읽기 바란다!

다시 잠적한 세실리!
한 뼘 더 자란 성숙미로 추적에 나선 에놀라!

천신만고 끝에 자기 방에 감금된 세실리를 구해낸 에놀라! 하지만 기쁨도 잠시, 자신을 폭군 아버지 집에 돌려보낼지도 모른다는 두려움에 자꾸만 잠적하는 세실리! 이 와중에 사랑하는 이를 잃는 불안과 걱정은 온통 에놀라의 몫인데…… 문득 에놀라의 마음을 몰라주는 세실리가 야속할 법도 한데 웬일인지 에놀라는 그런 세실리를 감싸기에 바쁘다. 자기도 힘든데 더 힘든 누군가를 알아보고 감싸줄 수 있는 여유, 그건 아마도 '아픔'이라 쓰고 '이해'라고 읽는 '성숙'이 아닐까 싶다. 그렇다. 회를 거듭할수록 더해져온 천방지축 에놀라의 '성숙미'는 이번 이야기 편에선 더욱더 도드라진다.

"날이 가장 어두워 보일 때 칠흑 같은 어둠에 대비해야 한다." 오스카 와일드의 명언이었던가? 아마도 당시엔 이런 풍자적인 명언이 유행이었던 듯싶다. 그런데 내 보기에 이 명언은 레이디 세실리가 사라진 그날을 찰떡같이 묘사하고 있다. 당시 그 비밀방에 있던 세실리가 설록 오빠에게 발견되면 어쩌나 하던 공포가 한발 나아가 — 아니 한발 퇴보한 건가 — 이젠 그 질떨어지는 자들로 와글대는 불결한 런던을 홀로 헤매면 어쩌나 하는 극단의 공포로 번져갔기 때문이다. 게다가 여기엔 그녀가 다시 오른손잡이로 돌아가 어린애처럼 무력해졌으면 어쩌나 하는 공포도 도사리고 있었다. 이 상황에서 도저히 앉아만 있을 수 없던 난 라고스틴 박사의 사무실을 이리저리 맴돌았다. 그러는 동안 세실리에게 일어날지 모를 온갖 끔찍한 일들도 마치 악몽의 회전목마처럼 내 머릿속을 맴돌았다. 전차에 치인 세실리, 멀쩡하던 손이 피범벅이 될 때까지 작업장에서 뱃밥을 만들고 있는 세실리, 불한당 같은 남자들에게 괴롭힘을 당하고 있는 세실리, 악취 나는 골목에서 굶주리고 있는 세실리, 백인 노예 상인에게 끌려가 타락한 삶으로 전락한 세실리, 소년으로 변장했다 소매치기로 체포되는 바람에 감옥에 갇힌 세실리……. (p. 82~83)

사실 세실리가 사라진 사건은 불과 일 년 전 엄마가 도망갔을 때의 일이 되풀이되는 듯한 기시감이 밀려올 만큼 충격적인 일이었다. 하지만 일찍이 에놀라는 그렇게 사라진 엄마에 대해서도 〈엄마 찾아 삼만리〉의 '마르코'처럼 온갖 고생 끝에 그 종적을 찾아냈을 뿐 아니라, 스스로 자랑스러워할 만한 '개혁가다운 엄마의 행보'를 확인하며 '엄마 잃은 슬픔'을 '사랑과 이해'로 승화시킨 바 있다. 아니나 다를까, 이번에도 에놀라는 한층 더 성숙한 감성으로 무장한 채 온갖 노력으로 말없이 잠적한 세실리를 찾아낼 뿐 아니라, 자신보다 가엾은 처지의 세실리를 이해하고 끌어주는 선봉장 역할을 한다. 그래서일까. 에놀라의 이런 성숙미는 지난날 가출한 자신을 향해 오빠가 느꼈을 허무감마저 이해하는 단계로 발전해 이제 '현실 남매 케미'에 이어 한층 가슴 뭉클한 '따뜻한 남매애'의 현장으로 독자를 이끌어갈 예정이다.

천하의 악당 유스타스 경과 천군만마 같은 조력자 레이디 비엔나의 등장

이번 이야기 편의 '강한 악당 캐릭터'는 단연 세실리의 폭군 아버지인 유스타스 경이다. 그로 말할 것 같으면 세상 호사에 눈이 멀어 오직 돈깨나 있는 남자에게 시집보낼 야욕으로 딸을 감금하는 건 물론이요, 죽은 하인들의 시신을 해부실에 파는 천인공노할 악행도 마다하지 않는 자다! 그런데 다행히도 "에놀라 홈즈 시리즈"엔 이런 강한 악당 캐릭터 못지않게 에놀라를 도와 그 악당을 궁지에 몰아넣는 조력자가 빠짐없이 등장해왔다. 가령, 5권 『비밀의 크리놀린』에선 엄마 같은 터퍼 부인과의 재회에 큰 도움을 준 참혹한 크림전쟁의 역사적 실존 영웅 나이팅게일이 그런 인물이었다. 또 6권 『집시여 안녕』에선 '피는 물보다 진하단' 사실을 여실히 입증하며 악당의 무시무시한 칼날 앞에서 화끈한 대활약을 펼친 홈즈 삼남매 어벤져스가 그런 인물이었다. 그리고 7권 『검은색 사륜마차』에선 의뢰인 최초로 정신병자로 분해 심장 조이는 단판 승부에 나선 티쉬가 그런 인물이었다.

다행히 그런 든든한 조력자는 이번 이야기 편에서도 등장한다. 바로 에놀라의 새 숙소인 전문 여성 클럽의 재력 있는 상류층 이웃이자, 악당 유스타스 경의 지인이며 무엇보다 그리운 엄마 레이디 유도리아 버넷 홈즈의 친구인 레이디 비엔나가 그 주인공이다. 그녀의 활약은 뭐니 뭐니 해도 유스타스 경의 악행에 대한 증거를 손에 넣는 부분에서 두드러진다. 특히 그동안 건건이 도움을 받던 에놀라가 유스타스 경을 단죄하는 첫 공식 업무인 이 작업에서 동참을 부탁하다 서로의 정체를 알게 되는 장면은 아마 이번 이야기 편의 가장 가슴 뭉클한 장면이 되지 않을까 싶다……. 뭐랄까, 에놀라의 엄마와 거의 동일한 영혼의 소유자인 레이디 비엔나가 에놀라를 알아보고 흐느끼는 장면에서 마치 그리운 에놀라의 엄마가 살아 돌아와 자신을 쏙 빼닮은 딸 에놀라를 다독이며 흐느끼는 듯한 느낌을 받았다고나 할까!

처음 만난 날부터, 난 그녀에게 뭔가 말하고 싶었고, 지금이 완벽한 기회였다. 문득 가슴속에 따스한 기운이 차오르면서 얼굴까지 감쌌다. 어느새 난 활짝 웃고 있었다. "왜냐하면 전 엄마의 딸이기 때문이에요." 내가 말했다. "바로 제 엄마 유도리아 버넷 홈즈의 딸인 에놀라 홈즈요."

원래부터 엄마를 잘 알던 레이디 비엔나는 더 이상 설명을 요구하지 않았다. "오!" 순간 숨을 헐떡이며 입에 손을 댄 그녀가 또 다른 뉘앙스로 "오!"하며 울부짖었다. 그러고는 날개를 펴듯 두 팔을 펼쳐 들고서 쏜살같이 다가오며 말했다. "오, 어릴 적 그녀는 내 절친이었어요!"

날 부둥켜안은 그녀를 나 또한 기꺼이 안으며 우리
는 같이 흐느끼기 시작했다. (p. 192)

어김없이 등장하는 배꼽 쥐는 유머 코드의 향연,
요절복통 에놀라!

"웃음은 거의 참을 수 없는 슬픔을 참을 수 있는 어떤
것으로, 더 나아가 희망적인 것으로 바꾸어줄 수 있
다." 희극 배우 봅 호프의 말이다. 그런데 이 명언엔 아
마 우리의 저자 낸시 스프링어도 매우 공감할 듯싶다.
그동안 악당의 횡포가 정점에 달하는 심각한 상황에
서도 "에놀라 홈즈 시리즈"엔 배꼽 쥐는 유머 코드가
빠짐없이 등장해왔기 때문이다. 지금껏 그 무심한 유
머 코드를 선사해온 주인공은 다름 아닌 우리의 요절
복통 주인공 에놀라였다. 하지만 천하의 에놀라도 지
난 7권에선 잠시나마 그 주인공 자리를 천둥벌거숭이
노란 말, '제제벨'에게 내어준 바 있다. 당시 제제벨이
지닌 똘끼는 천방지축 에놀라마저 까무러칠 정도의
가히 엄청난 것이었기 때문이다.

그러나 이번 이야기 편에서 그 주인공 자리는 다시
우리의 에놀라가 자연스럽게 꿰찬다. 그리고 그 요주
의 장면은 천상 '한 마리의 얼룩말이 따로 없는 하녀

복' 차림으로, 감금된 레이디 테오도라를 간신히 만난 에놀라가 그간 의혹뿐이던 사실에 대한 진의를 확인한 후 돌연 들이닥친 유스타스 경을 급히 피하는 과정에서 등장한다. 그러니까 좀 더 정확히 말하면, '자의에 의한 도주'가 아닌, '타의에 의한 도주' 과정에서 등장한다. 곧 기지를 발휘한 레이디 테오도라의 용감한 하녀 필리스가 에놀라의 날갯죽지 사이를 웬 불경스러운 구멍으로 실컷 떠밀면서 졸지에 그 구멍에 꾸겨넣어진 에놀라가 그 아래 길고 긴 세탁물 투입로로 머리부터 급강하해 내려가게 된 '타의에 의한 도주 과정' 말이다! 그런데 그게 다가 아니다. 에놀라의 팬이라면다 알겠지만, 한번 발동한 에놀라의 요절복통은 절대쉽사리 끝나는 법이 없다! 아니나 다를까, 이번에도우리의 천방지축 에놀라는 유쾌한 웃음이 배꼽 빠지는 폭소로 이어질 만한 지점으로 알아서 한발 더 나아간다. 바로 그 미로 같은 세탁물 투입로로 안을 생쥐 꼴로 헤매고 다니는 것도 모자라, 미지의 목적지에 머리부터 꼬라박히는 일만은 피하고자 기어이 다른 세탁물 투입로로 기어 올라가다 난데없이 좁아져오는 입구에 와인병의 코르크 마개처럼 꽉 끼어버린 것이다! 배꼽 빠질 마음의 준비가 된 독자라면 감히 권하건대이 부분만큼은 꼭 속독이 아닌 정독을 하길 바란다. 그러면, 확신컨대, 두고두고 머릿속에 남아 마음이 울적할 때 적잖은 위로가 되어줄 것이다.

"스파이야, 테오도라! 집에 스파이가 있어! 누구지?" 유스타스 경이 고함쳤지만, 그 말은 내가 그날 저녁 들은 마지막 말이었다. 이미 쇠로 만든 용 같은 세탁용 투입로가 날 집어삼킨 후였기 때문이다. 그 무생물 흡입구에 삼켜진 뒤 난 몸과 맘이 어리둥절해질 만큼 엄청난 속도로 아래로 떨어졌다. (중략)

그때 문득 이런 생각이 들었다. 더는 급강하하는 일 없이 두 번째 세탁물 투입로로 기어 올라가 누군가의 잠든 침실로 들어간 뒤 조심스레 알리스테어 저택에서 두 발로 도망쳐 나올 순 없을까?

모르긴 몰라도 이 계획은 미지의 목적지에 머리로 급강하해 쾅 떨어지는 것보단 훨씬 나을 듯했다.

난 바로 계획을 실행에 옮겼다. 우선 가급적 찍소리도 내지 않고 몸의 어떤 부위도 부딪히지 않도록 전신을 잔뜩 쪼그렸다. 그러고는 손으로 다른 세탁물 투입로를 더듬거려가며 투입구를 찾은 뒤 그 안으로 조금씩 몸을 밀어 넣었다. 그렇게 어깨와 몸통을 집어넣은 다음 다시 두 발로 일어서게 된 기쁨이란 정말이지 끝내줬다! 그 후 난 투입로의 측면에 몸의 각 부위를 밀

착시키고서 마침내 굴뚝 청소부처럼 기어오르기 시작
했고, 그때 내 안에선 환호가 터져 나왔다. 이건 조금
전 맛본 기쁨보다 훨씬 큰 기쁨이었다.

그러니까 내 말은 세탁물 투입로가 좁혀지기 전까지
그랬단 소리다. 한밤중 두더지 굴보다 더 캄캄한 상황
에서 감히 예상할 겨를도 없이 맞닥뜨린 이 재앙으로
내 양어깨는 속수무책으로 투입로에 끼어버리고 말았
다. 순간 매끄럽게 쑥 미끄러지도록 이리저리 몸을 꿈
틀거려도 봤지만 그럴수록 상황은 악화되었고, 급기야
내 몸은 와인병의 코르크 마개처럼 투입로를 꽉 막아
버렸다. 심장이 쿵쾅거리는 가운데 혹자는 이렇게 계
속 몸부림치다 보면 어느새 박힌 몸도 쏙 빠져나갈 거
라 여겼을지 모르겠지만 그건 오산이었다. 이제 몸의
더 좁은 부위(머리)까지 끼인 채로 (어깨마저) 옴짝달싹
할 수 없게 된 터라 아무리 허리에서부터 손, 발, 그리
고 하다못해 스커트까지 종처럼 흔들어대도 아무런 소
용이 없었다. (p. 145~148)

뜻밖에 뭉친 어벤져스 오총사,
강적 유스타스 경을 무너뜨리다!

우여곡절 끝에 잠적해 있던 세실리를 찾아내고 레이

디 비엔나의 도움으로 악행의 증거까지 손에 쥔 에놀라, 이제 남은 건 악당 유스타스 경과 담판을 벌이는 일! 그러나 부디 이 거사에 함께하면 좋으련만 끝내 시큰둥하게 나오는 셜록 홈즈. 그래도 이가 없으면 잇몸으로 산다고 때마침 폭군 아버지에 대한 강력한 저항성으로 무장한 세실리와 무엇보다 유스타스 경의 비리를 입증할 막강한 증거의 힘을 믿고 예정대로 거사에 나서는 에놀라! 이윽고 담판의 현장, 먼저 세실리가 자신의 폭군 아버지에게 선공을 날린다.

"그러지 마세요, 아버지!" 세실리의 우렁찬 명령 소리가 크게 울려 퍼졌다. "아버지가 감옥에서 죗값을 치르도록 경찰을 불러야 할 사람은 바로 저예요!"

순간 자신의 악행이 생각난 건지, 아니면 세실리의 말에 충격을 받은 건지, 말문이 막힌 유스타스 경이 멍하니 바라보기만 했다.

"아버지, 다시는 절 방에 가두지 마세요." 세실리가 좀 더 부드럽지만 강한 어조로 말했다.

264

이제는 나도 말할 수 있었다. "우리는 티머시 버크와 이머전 손더스 그리고 그 불운한 심즈가 누군지 알고 있어요. 그뿐 아니라, 당신이 그 시체들과 더 많은 시체를 가지고 뭘 했는지도 알고 있고요."

"물론 증명할 수도 있고요." 세실리가 덧붙였다.

이제 난 격려를 위해 그녀의 손도 꼭 잡을 수 있었다. "네, 맞아요. 당신의 가장 흥미로운 거래 기록이 우리한테 있거든요. 공문서만 떼어봐도 바로……."

(p. 234)

그러나, 아니나 다를까, 유스타스 경은 만만한 상대가 아니었다. 둘이 비장한 각오로 날린 강편치에도 불구하고 오히려 무언의 포효로 에놀라의 입을 틀어막더니 이제 적반하장으로 고래고래 소리쳐대는 유스타스 경…… 그 모습에 사기충천하던 세실리도 떨기 시작하고 잠시 후 우려하던 일이 현실이 되고 만다. 곧 방금 전까지 당당하던 그녀의 왼손잡이 인격이 또다시 사라지고 만 것! 과연 둘은 이 절체절명의 위기를 어떻게 극복해낼 것인가. 그러나 걱정하지 마시라. 하나도 아니고 둘이나 되는 '반전 카드'가 이미 준비되어 있었으니……! 바로 남편의 배신에 대한 도의적 거부감으로 불과 얼마 전까지 에놀라의 계획에 적잖은 찬물을 끼얹어오다 결국 남편 몰래 소지하던 열쇠로 감금된 방문을 박차고 나온 세실리의 어머니 레이디 테오도라가 그 첫 번째 반전 카드. 그리고 일전에 에놀라와 함께 악행의 증거를 얻으러 간 후 훗날 이 짜

265

릿한 복수극을 위해 계속 유스타스 경의 집에 남아 있던 레이디 비엔나가 그 두 번째 반전 카드.

그때 위쪽에서 "터무니없는 소리 작작 좀 하시지, 알리스테어." 하는 청아하고도 고압적인 목소리가 들려왔기 때문이다. (중략)

거기엔 그렇게 레이디 테오도라가 서 있었다. 그 모습을 바라보고 있던 바로 그 순간 그녀가 레이디 비엔나 스테드웰과 팔짱을 낀 채 중앙 계단을 내려왔다. (중략)

계단을 내려온 레이디 테오도라는 마치 연단에 선 듯 턱을 치켜든 채 층계참에 서 있었다. "알리스테어, 이미 편지는 다 써놨어요." 그녀가 남편에게 말했다. "그 편지들의 수신처는 《타임스》, 《펠맬 가제트》, 《데일리 텔레그래프》 등 런던 전역의 신문사예요. 그러니 최악의 추문에 휘말리고 싶지 않거든, 지금부턴 훨씬 존중하는 자세로 저와 딸을 대해야 할 거예요." (중략)

유스타스 경이 식식거리기 시작했다. 그 소리가 마치 회전 꼬챙이의 두툼한 거위 고기가 구워질 때 기름이 불 속으로 떨어지며 나는 소리 같았다고나 할까.

난 그 찰나를 포착해 유스타스 경을 향해 돌진했다. 여자로선 안타깝게도 셜록 오빠만큼 큰 키에 헤어스타일까지 충격적인 내 몰골은, 분명, 광란의 여전사로 보일 터였다. "보시다시피 유스타스 경, 당신을 망가뜨릴 수 있는 자는 여기 셋이나 돼요."

"넷이죠." 그때 레이디 비엔나 스테드웰이 조용히 목소리를 냈다.

"우리 넷이요." 내가 정정했다. (중략)

그런데 그때 느릿느릿 부채를 펼쳐 든 레이디 비엔나가 목소리를 드높였다. 그 목소리는 어쩌나 달콤하고 차분하던지 바로 모든 소리를 제압해버릴 정도였다. "난 레이디 세실리에게 비엔나에 함께 가자고 권할 계획이랍니다." (p. 235~239)

일단 멋들어지게 유스타스 경을 궁지에 모는 데 성공한 네 명의 어벤져스 여군단! 그런데 아직 유스타스 경을 침몰시키기 위한 최후의 한 방(?)이 남아 있었다. 바로 그 이름도 유명한 셜록 홈즈가 그 주인공! 사건 초반만 해도 신사도와 이성으로 무장한 채 걸핏하면 협박과 감성으로 일하는 듯한 에놀라를 꾸짖던 '미운 오빠' 셜록 홈즈 말이다! 그래도 뭐 괜찮다. 이번에도 가장 중요한 순간에 에놀라에게 힘을 실어줬으니 말이다. 결국 어떻게든 버텨보려던 유스타스 경의 의지는 네 명, 아니 셜록까지 포함해 이 '다섯 명의 어벤져스 군단' 기세에 눌려 꺾이고 만다. 잊을 만하면 '피는 물보다 진함'을 입증하는 홈즈 가의 멋들어진 남매 에놀라와 셜록, 그리고 이들을 지원하는 내로라하는 인물들이 환상의 팀워크로 악당을 물리치는 이 통쾌한 피날레는 에놀라 시리즈에서만 볼 수 있는 또 하나의 진수가 아닐까 싶다!

유스타스 경이 붉게 일그러진 얼굴로 날 돌아보며 말했다. "당신! 쓸데없는 참견이나 해대고 말야! 대체 당신 누구야?"

그에게 내 이름을 알려주는 건 현명치 못한 처사일 터였다.

"당신이 몰래 도둑질하고 괴롭히고 다니는 걸 막을 사람이지." 내가 말했다.

"내가 전에 말했듯, 내 조카딸인 오버지나일세." 레이디 비엔나가 거들었다.

"배짱 두둑하고 존경할 만한 내 여동생이지." 그때 꽤나 귀족적이고 위엄 있는 남자 목소리도 덩달아 들려왔다.

"셜록 오빠!" 순간 숨을 헐떡이며 내가 돌아섰다. 현관문(심히 당황한 집사가 제대로 닫아놓지 못한 그 문) 안쪽으로 우뚝 솟은 실크해트와 셜록 오빠, 모든 게 눈에 들어왔다.

"오 자네로군!" 레이디 비엔나가 셜록 오빠에게 소리쳤다. "짧은 바지나 입고 다니는 꼬마 때 보고 처음보는 것 같네!"

"비엔나 고모님," 오빠가 모자를 벗고 인사했다. "절기억해주시다니 영광이네요. 여동생이 용건을 마치고나면 저희 마차로 함께 가시겠어요?"

"사랑하는 오버지나, 용건은 마친 거니?" 레이디 비엔나가 물었다.

내 가명을 들은 오빠의 꼭 다문 입이 장난스럽게 씰룩거렸다. 순간 웃음이 새어 나올까봐 난 다시 당장이라도 싸울 기세의 남작에게로 얼굴을 돌렸다.

(p. 240~241)

그동안 나는 독자가 흥미롭게 여길 만한 대목을 나름의 관점에서 큐레이션하여 '관전 포인트'를 이 '옮긴이의 글'에 적어오곤 했다. 특히 이 관전 포인트엔 애착이 가는 꼭지가 있었으니 바로 '에놀라와 셜록의 달콤살벌(?)한 관계'를 다룬 부분이었다. 고로 이번 옮긴이의 글은 그동안 이 둘이 만들어간 그 발전적 유대관계의 '흥미로운 발자취'를 다음의 한마디로, 아니 한문단으로 요약하며 마쳐보려고 한다. '거두절미하고 명석한 두뇌에 빼다박은 외모를 빼면 판이하기 그지 없던 두 인격체가 어느새 회를 거듭할수록 현실 남매 케미를 발산하더니 드디어 서로 신뢰할 만한 공동 탐정 파트너 사이로 자리매김했다!'

이런 발전적 유대관계는 특히 이번 이야기 편의 다음 대사에서 여실히 드러난다. "실은, 몹시 특이한 사건 하나가 들어왔단다. 그래서 말인데…… 네 그 독특하고 지적인 여성의 관점으로 이 사건에 관해 편하게 이야기를 좀 나눌 수 있을까?"(셜록) "물론이죠, 친애하는 오빠."(에놀라) 그동안 대 탐정 오빠와 호시탐탐 일할 기회를 노리던 에놀라가 이 차분한 말 뒤에 보였을 찐 감동의 격한(?) 반응은 안 봐도 비디오다! 어떤 난관에도 '자신만의 꿈'을 향해 나아가며 '순수, 열정, 자유 그리고 배꼽 빠지는 유머'를 선보여온 요절복통 에놀라, 그리고 이런 에놀라와 밀당인 척, 기 싸움인 척 늘 찰떡궁합을 이뤄온 셜록이 다음 이야기 편에선 — 혹시 다시 나와준다면 — 또 어떤 '위대한 케미'를 선보일지 벌써부터 기대된다.

요절복통 에놀라와
그녀의 찰떡궁합 파트너 셜록과 함께
또 한 번의 다사다난했던 날들을 떠나보내며
김진희

옮긴이 김진희 연세대학교에서 경영학 석사학위를 받고 UBC 경영대에서 MBA 본 과정을 수학했다. 10여 년간 광고 및 홍보 컨설팅사에서 삼성전자, 한국 P&G, 한국 HP 브랜드의 뉴미디어 컨설팅을 수행하다 '활자의 매력'에 이끌려 전문 번역가의 길로 들어섰다. 소설, 자기계발, 경제경영 분야 출판 편집자 및 기획자로 활동하고 있으며 미디어 및 대중문화 분야에서 글을 쓰고 있다. 옮긴 책으로는 "에놀라 홈즈 시리즈"의 『검은색 사륜마차』, 『집시여 안녕』, 『비밀의 크리놀린』, 『별난 분홍색 부채』, 『기묘한 꽃다발』, 『사라진 후작』을 비롯해 『착한 엄마가 애들을 망친다고요?』, 『내 시간 우선 생활습관』, 『진흙, 물, 벽돌』, 『프로젝트 세미콜론』, 『펀치 오브 넘』, 『이것이 경영이다』, 『4차 산업혁명의 충격』, 『크러싱 잇!』, 『왓츠 더 퓨처』, 『IoT 이노베이션』, 『이코노미스트 2016 세계경제대전망』, 『하버드비즈니스리뷰』 등이 있다.

에놀라 홈즈 시리즈 8
우아한 가출

초판 1쇄 발행 2022년 11월 11일

지은이 낸시 스프링어
옮긴이 김진희
펴낸이 김요안
편집 강희진
디자인 김이삭

펴낸곳 북레시피
주소 서울시 마포구 신수로 59-1
전화 02-716-1228
팩스 02-6442-9684
이메일 bookrecipe2015@naver.com | esop98@hanmail.net
홈페이지 https://bookrecipe.modoo.at
등록 2015년 4월 24일(제2015-000141호)
창립 2015년 9월 9일

ISBN 979-11-90489-67-6 43840

종이 · 화인페이퍼 | 인쇄 · 삼신문화사 | 후가공 · 금성LSM | 제본 · 대흥제책